प्रतिनाद

प्रतिनाद

नरेन्द्र कोहली

वाणी प्रकाशन

वाणी प्रकाशन
4695, 21-ए, दरियागंज, नयी दिल्ली 110 002

शाखा
अशोक राजपथ, पटना 800 004

फ़ोन: +91 11 23273167 फ़ैक्स: +91 11 23275710

www.vaniprakashan.in
vaniprakashan@gmail.com

PRATINAD
by Narendra Kohli

ISBN : 81-7055-437-3
Letters

संस्करण 1996
आवृत्ति 2012

मूल्य : ₹175

मेहरा ऑफ़सेट, नयी दिल्ली-110002 में मुद्रित

वाणी प्रकाशन का लोगो मक़बूल फ़िदा हुसेन की कूची से

समर्पण

इन पत्र लेखकों में सबसे कनिष्ठ
सुरेश कान्त के लिए सस्नेह।

अपनी ओर से

अन्य ग्रहों में चेतना संपन्न प्राणी हैं या नहीं, यह जानने के लिए हमारे वैज्ञानिक प्रायः अंतरिक्ष में अपने संदेश प्रसारित करते रहते हैं कि शायद कहीं कोई हो, जो उन संदेशों को समझ कर उत्तर दे। लेखक के रूप में हम भी प्रायः अपने मन और अपनी आत्मा को लगातार वायुमंडल में ध्वनित करते रहते हैं। पर हम जानते हैं कि इस वायुमंडल में पृथ्वी पर चैतन्य प्राणी हैं। हम जानते हैं कि हमारा लिखा हुआ पढ़ा जायेगा, हमारा कहा हुआ सुना जायेगा, किन्तु उसका कब, कहाँ, कैसे और कितना प्रभाव होगा यह हम भी नहीं जानते। इतना ही जानते हैं कि हमारा जो अनवरत नाद चल रहा है, उसका प्रतिनाद भी होगा। उसी प्रतिनाद की आशा में हम अपना एकतारा बजाए चलते हैं। यह प्रतिनाद व्यंग्य संग्रह है।

यह प्रतिनाद साक्षात् वार्तालाप और आलोचकों की समीक्षाओं-आलोचनाओं में होता है (प्रशस्तियों और पुरस्कारों में भी होता है); किन्तु उसका एक महत्त्वपूर्ण रूप हमारी डाक भी है। जो पत्र आते हैं; उनका वर्गीकरण सरल नहीं है। मैंने केवल मोटे तौर पर उनमें से तीन वर्ग उठा लिए हैं। पहला वर्ग अपने से वरिष्ठ साहित्यकारों का है। साहित्यकार पाठकों के लिए आशुतोष शिव है; किन्तु अपने कनिष्ठ साहित्यकारों के लिए वह प्रायः रुद्र ही बना रहता है। किन्तु वरदान तो रुद्र से भी मिलता ही है।

जब कभी किसी वरिष्ठ साहित्यकार का कोई पत्र मुझे मिला है मैंने उसे वरदान-स्वरूप ही ग्रहण किया है—उसमें प्रशंसा हो या अभिशंसा, शाबासी हो या प्रताड़ना—उनकी मुद्रा वरदान की ही लगी है। उनसे कुछ पाया ही जा सकता है—प्रतिदान के लिए वहाँ अवकाश नहीं है। इसीलिए मैंने वरिष्ठ साहित्यकारों के खंड को 'वरदान' नाम दिया है।

समवयस्क साहित्यकार मित्रों के पत्र मैंने इस संकलन में नहीं लिए हैं—वे किसी अन्य अवसर पर लूँगा।

दूसरा वर्ग संपादकों का है। संपादकीय कार्यालय से आने वाला पत्र फरमान की तरह आता है। वह रचनाओं की स्वीकृति हो तब भी फरमान होता है, अस्वीकृति हो, माँग हो, कुछ हो; ऊपर से चाहे विनीत प्रार्थना का रूप हो, किन्तु उसकी आत्मा—फरमान की ही आत्मा होती है। दरबार कृपा करता है तो भी फरमान ही जारी करता है और सूली पर टाँगता है, तो भी !

पाठकों के पत्रों को मैं लेखक के प्रति सम्मान की श्रेणी में रखता हूँ। यह सम्मान प्रायः धनात्मक होता है, पर कभी-कभी ऋणात्मक भी होता है। मैंने इस चुनाव में ऋणात्मक सम्मान की केवल बानगी ही पेश की है।

मेरे एक बहुत घनिष्ठ पाठक हैं—बरेली के डा. राजेन्द्र कुमार पंत। मेरी रचनाओं के प्रकाशन-काल के आरंभ से ही उनके पत्र प्राप्त हो रहे हैं; किन्तु आज तक उनके दर्शन नहीं हुए हैं। उनके पत्र आरंभ से ही बड़े रोचक और जानदार रहे हैं, शायद इसलिए मैं उन्हें सँभाल कर रखता चला गया। उन्होंने प्रायः मेरी सारी पुस्तकें पढ़ी हैं और उन पर अपनी राय दी है।

दूसरे पाठक के रूप में मैंने सुरेश कांत को लिया है—जो मेरे निकट संपर्क में रहे हैं और हैं। निकट संपर्क के पाठक के रूप में प्रेम जनमेजय को भी लिया जा सकता था पर उन्होंने मुझे पत्र ही नहीं लिखे। सुरेश मेरे छात्र रहे हैं। आज वे नयी पीढ़ी के प्रतिष्ठित व्यंग्यकार हैं। किन्तु, मैंने उन्हें एक जिज्ञासु पाठक से लेखक में परिणत होते देखा है। इसलिए पाठक के रूप में मैंने उनके पत्र लिए हैं।

पत्रों के साथ एक बहुत बड़ा संकट यह है कि पत्र लेखक अनेक बार अपने पत्रों में ऐसी बातें लिखता है, जिन्हें वह सार्वजनिक रूप से प्रकाशित करना नहीं चाहेगा। डा. राजेन्द्र कुमार पंत ने पहले भी अपने पत्रों को प्रकाशित करने से मना किया है। एक पत्र पर तो उन्होंने बाकायदा प्रकाशन-वर्जित लिखकर भेजा था। किन्तु मैंने पत्र-लेखकों की इस प्रकार की इच्छा का सम्मान नहीं किया है। हाँ ! जिन प्रसंगों से कुछ अन्य लोगों से उनका मनमुटाव हो सकता था, या जिन पंक्तियों में कुछ अन्य साहित्यकार बंधुओं के प्रति उनकी अप्रसन्नता झलकती है, वे पंक्तियाँ मैंने निकाल दी हैं।

—नरेन्द्र कोहली

175, वैशाली
दिल्ली-110034

वरदान

12-3-72

प्रिय कोहली जी,

दिल्ली में आपने 'पाँच एब्सर्ड उपन्यास' दिया था। मैंने इस पुस्तक को पढ़ लिया है। इन तथाकथित 'अवश्रद्ध' कहानियों को पढ़कर बड़ी प्रसन्नता हुई और आपको बधाई देने की इच्छा हुई है।

अत्यन्त सहज भाव से आपने आधुनिक समाज की विसंगतियों को उजागर किया है। इतना सहज भाव और ऐसी भेदक दृष्टि क्वचित् कदाचित् ही देखने को मिलती है।

आपकी उपमाएँ भी बड़ी बेधक हैं। यद्यपि मुझे लगा है कि कभी-कभी आपने अनावश्यक रूप से उपमानों का प्रयोग किया है पर जहाँ अतिरेक है वहाँ भी कोई-न-कोई मर्मभेदी व्यंग्य मिल ही जाता है। फिर भी व्यंग्य के लिए थोड़ा भी मोह खटकता ही है, भले ही वह उपमान के माध्यम से गुणीभूत होकर आया हो।

आपकी ये रचनाएँ उच्च कोटि का व्यंग्य प्रस्तुत करती हैं। मेरी हार्दिक बधाई स्वीकार करें।

उस दिन भीड़भाड़ में आपसे अधिक बातचीत करने का अवसर न मिल सका। इसका अफसोस है। पर प्रसन्नता भी है कि अब फिर कभी मिलने का अवसर मिलेगा तो आपके स्रष्टा रूप से अधिक परिचित रहूँगा।

आपका,
हजारी प्रसाद द्विवेदी

7-3-73

प्रिय भाई कोहली जी,

मैंने आपका 'आतंक' नामक उपन्यास आते ही पढ़ लिया था। लिखने की सोच रहा था पर नाना जंजालों में फँसा हुआ लिख नहीं पाया। 'आतंक' मुझे बहुत अच्छा लगा है। वर्तमान समाज की विषम परिस्थितियों मे मनुष्य किस प्रकार बेबसी से लाचार है, इसका बड़ा ही जीवन्त चित्रण आपने किया है। इसमें एक चरित्र ऐसा शक्तिशाली है जो परिस्थिति के दबाव को साहसपूर्वक अस्वीकार कर सकता है। मुझे इसका नाम इस समय याद नहीं आ रहा है। वह राजपूत पुलिस आफिसर है। मैं चाहता था कि कुछ और चरित्र भी और अधिक दबंग होते। यथार्थ तो शायद यही है। प्रायः हर आदमी आतंक से जर्जर हो उठा है लेकिन एकाध चरित्र ऐसे शक्तिशाली अवश्य होने चाहिए जिनको देखकर कमजोर भले आदमियों को साहस

और शक्ति मिले। इस उपन्यास में आपने बड़े शहरों के आतंकमय जीवन को बहुत अच्छी तरह चित्रित किया है। इसके लिए मैं आपको हार्दिक बधाई देता हूँ। हर क्षेत्र में और हर तबके में दृढ़ इच्छा शक्ति-सम्पन्न कुछ मनुष्य अब भी अवश्य मिलते हैं उनमें से एक को आपने ढूँढ़ निकाला है। मेरा अनुमान है कि और भी मिलेंगे। आपकी सफलता के लिए फिर एक बार बधाई देता हूँ। आशा करता हूँ स्वस्थ और सानन्द होंगे।

आपका,
हजारी प्रसाद द्विवेदी

25-1-74

प्रिय नरेन्द्र जी,

आपने साहित्य अकादमी के पुरस्कार के लिए जो बधाई का पत्र भेजा है उसके लिए बहुत अनुगृहीत हूँ। उसमें प्रसन्नता होने की बात तो है ही क्योंकि इस बात का प्रमाण तो मिल ही जाता है कि ग्रह प्रसन्न हैं। मेरे ग्रहों में लड़ाई है। एक कुछ ऐसा काम कर जाता है कि कुछ प्रसन्नता हो और दूसरा कुछ ऐसा कर देता है कि उतना ही या उससे ज्यादा कष्ट हो। यह लड़ाई बराबर चलती रहती है। जिस दिन साहित्य अकादमी की पुरस्कार की घोषणा हुई उसी दिन मेरे 96 वर्षीय पिताजी परलोकवासी हुए सो,

'है पतझार बसन्त दुहूँ, घन आनन्द एक ही साथ हमारे।"

आशा है कि स्वस्थ एवं सानन्द हैं।

आपका,
हजारी प्रसाद द्विवेदी

3-9-74

प्रिय कोहली जी,

'साथ सहा गया दुख' नामक उपन्यास मिल गया है। मैंने उसे पढ़ भी लिया है। आपकी कृपा के लिए अत्यन्त अनुगृहीत हूँ। पहले मैंने समझा था कि यह भी कुछ व्यंग्य जैसा होगा। पहले-पहले आपने मुझे अवश्रद्ध (एब्सड) कहानियाँ ही भेजी थीं। उससे मेरे मन में यह धारणा बनी थी कि आप तीक्ष्ण व्यंग्य विनोद के बहुत सफल लेखक हैं। परन्तु यह उपन्यास पढ़ने के बाद मुझे इस बात से बहुत प्रसन्नता हुई कि आप व्यंग्य और गंभीर दोनों प्रकार की रचनाओं के सिद्धहस्त लेखक हैं। इस

उपन्यास में 'सुमन और अमित' के माध्यम से एक अत्यन्त परिचित दाम्पत्य समस्या को उपस्थित किया है। आपके मनोवैज्ञानिक विश्लेषण बहुत सटीक हुए हैं। आपने जीवन की उस गहराई में प्रवेश किया है जिसकी आजकल प्रायः उपेक्षा होती है। दुःख के भीतर से किस प्रकार ऊपरी उलझनें तिरोहित हो जाती हैं और अन्तरतर का मिलन-विधायक देवता जाग उठता है, इस बात को आपने अत्यन्त सहज और सुन्दर शैली में उपस्थित किया है। पुन्नी का जन्म और मृत्यु दोनों ही उस सत्य के साक्षी हैं जो दुःख के भीतर से प्रेम के उज्ज्वल स्वरूप को निखार देते हैं। मैं इस उपन्यास का नाम 'सुख दुःखात्मको रसः' सुझाता हूँ। यह नाट्यदर्पणकार की उक्ति है। आपने इस उपन्यास से उस बात को उजागर कर दिया है जिसकी स्थापना नाट्यदर्पणकार करना चाहते थे। मेरी हार्दिक बधाई स्वीकार करें।

आशा है स्वस्थ एवं सानन्द हैं।

आपका,
हजारी प्रसाद द्विवेदी

13-2-76

प्रिय कोहली जी,

आपका कृपा पत्र मिला। इधर आवश्यक कार्यों में अस्त-व्यस्त रहने के कारण पुस्तक नहीं पढ़ सका। दो-चार दिन में पुस्तक पढ़कर अपनी प्रतिक्रिया भेज दूँगा।

आशा है स्वस्थ और प्रसन्न हैं।

भवदीय,
हजारी प्रसाद द्विवेदी

3-11-76

प्रियवर कोहली जी,

'अवसर' मिल गया। मैंने पढ़ भी लिया है। रामकथा को आपने एकदम नयी दृष्टि से देखा है। 'अवसर' में राम के चरित्र को आपने नयी मानवीय दृष्टि से चित्रित किया है। इसमें सीता का जो चरित्र आपने अंकित किया है, वह बहुत ही आकर्षक है। अब तक सीता का चरित्र इस प्रकार तेजोदृप्त रूप में नहीं चित्रित किया गया था। साथ ही सुमित्रा का चरित्र आपने बहुत तेजस्वी नारी के रूप में उरेहा है। जो लोग परंपरा से राम और भरत के विशुद्ध अविशंकित भ्रातृ-भाव को, जिसे तुलसीदास जी ने अपनी चरम सीमा पर पहुँचा दिया है मन में स्थान दे रखा है, वे इससे थोड़ा

चौंकेंगे। उन्हें यह बात शायद नहीं पसन्द आयेगी कि रामचन्द्र ने सिर्फ भरत और कैकेयी की गतिविधियों की जानकारी के लिए ही चित्रकूट में कुछ काल तक प्रतीक्षा की थी। क्योंकि वे राम को ऐसी शंकाओं से ग्रस्त नहीं देखना चाहेंगे। लेकिन मानव रूप में राम का सावधान रहना असंगत नहीं होना चाहिए।

कुछ दिन पहले मैं कलकत्ते में था। वहाँ श्री माधव प्रसाद जी गोयनका ने मुझसे एक प्रश्न पूछा था। प्रश्न यह था कि भरत और शत्रुघ्न को राम के राज्याभिषेक के अवसर पर ननिहाल से क्यों नहीं बुला लिया गया था। मैंने जैसा-तैसा कुछ उत्तर तो दिया था लेकिन उससे उनको सन्तोष नहीं हुआ और सच बात तो यह है कि मुझे भी सन्तोष नहीं हुआ। अब सोचता हूँ कि गोयनका जी को आपकी पुस्तक पढ़ने के लिए कह दूँ। इस पुस्ताक से मानवीय धरातल परं इस प्रश्न का उत्तर मिल जाता है।

कैकेयी का चरित्र भी इसमें इस प्रकार अंकित किया गया है कि उसके भीतर की प्रतिहिंसा का स्वरूप और उसकी मानसिक क्रिया-प्रतिक्रियाओं का रूप संगत हो जाता है। दशरथ का चरित्र अवश्य ही ऐसा है जिसे परंपरा प्रेमी स्वीकार करने में थोड़ा हिचकिचाएँगे। वे लोग यह भी नहीं स्वीकार करना चाहेंगे कि कौशल्या और उनके पुत्र राम, दशरथ के द्वारा सदा उपेक्षित रहे। लेकिन आपने अन्तःपुर के ईर्ष्या द्वेष से जर्जरित अवस्थाओं का मनोवैज्ञानिक चित्रण किया है।

मुझे इस बात की प्रसन्नता है कि यथा-संभव रामायण कथा की मूल घटनाओं को परिवर्तित किये बिना आपने उसकी एक मनोग्राही व्याख्या की है। 'यथा-संभव' इसलिए कह रहा हूँ कि लक्ष्मण का उस समय तक विवाह नहीं हुआ था यह बात कदाचित् लोगों के गले से न उतरे। हिन्दी साहित्य में तो उर्मिला को लेकर जितनी चर्चा हुई है वह इस कल्पना से एकदम व्यर्थ हो जाती है। इधर माण्डवी पर भी कई पुस्तकें लिखी गयी हैं। रवीन्द्रनाथ ने भी काव्य की उपेक्षिताओं में उर्मिला की चर्चा की है। इस प्रकार लक्ष्मण के अविवाहित रहने वाली बात कदाचित् आसानी से नहीं स्वीकार की जायेगी। लेकिन राम कथा के इतने रूप हैं कि इसे भी 'कल्पभेद' से 'हरिकथा' की अनेकरूपता का ही संधान मिलेगा। 'कल्प' वस्तुतः रचयिता की परिकल्पना का ही नाम है। रचयिता यहाँ अवश्य ही आदिस्रष्टा है।

सबसे ध्यान देने योग्य बात यह है कि इसमें राम का वनवास 'अवसर' के रूप में ही चित्रित किया गया है। राम ऐसा ही अवसर खोजते थे और वह अवसर उन्हें कैकेयी के प्रकोप के द्वारा अनायास मिल गया। पुस्तक का नाम 'अवसर' देकर आपने इसी तथ्य को ध्यातव्य बना दिया है।

सीता का-जो नया तेजस्वी रूप आपने उभारा है उसकी अन्तिम परिणति किस रूप में होने जा रही है, इसकी बड़ी प्रतीक्षा रही। पुस्तक आपके अध्ययन, मनन और

चिन्तन को उजागर करती है। मेरी हार्दिक बधाई स्वीकार करें।

भवदीय,
हजारी प्रसाद द्विवेदी

12-11-76

प्रिय भाई कोहली जी,

आपका 8 नवम्बर का कृपापत्र मिला। मैंने लक्ष्मण के अविवाहित चित्रित करने पर कोई आपत्ति नहीं की है। आपका ध्यान सिर्फ इस बात की तरफ आकृष्ट किया था कि हिन्दी में उर्मिला और माण्डवी को लेकर अनेक काव्यादि लिखे गये हैं। वे इस मान्यता से व्यर्थ हो जायेंगे। तर्कसम्मत तो आपका ही मत लग रहा है। इतनी सी ही बात है।

'दीक्षा' पर मैंने आपको एक पत्र लिखा था और मेरा विश्वास था कि वह आपको मिल गया होगा। लगता है कि कहीं कुछ गड़बड़ी है। मैं उस पत्र को खोज रहा हूँ। मिलने पर फिर भेज दूँगा।

आशा है स्वस्थ और सानन्द हैं।

आपका,
हजारी प्रसाद द्विवेदी

29-11-77

प्रिय कोहली जी,

आपका कृपापत्र यथासमय मिल गया था। लेकिन उत्तर देने में विलम्ब हुआ। कुछ ऐसे पारिवारिक झंझट आ गये जिससे बहुत से पत्रों का उत्तर नहीं दे पाया। मुझे यह जानकर बड़ी प्रसन्नता हुई कि 'अनामदास का पोथा' आपको अच्छा लगा। अनामदास कोई बुरे आदमी नहीं हैं। लिखते भी कुछ काम की ही बातें हैं। लेकिन जरा पुरानेपन की बू उनके लेखों में मिल ही जाती है। वैसे आपने पसन्द किया तो अच्छा ही होगा; क्योंकि उन्होंने बताया है कि—आ परितोषात् विदुषां न साधु मन्ये प्रयोग विज्ञानम्।

आपके नाम के साथ जो 'कोहली' जुड़ा हुआ है वह भरतपुत्र कोहल के साथ संबद्ध है कि नहीं, यह मैं नहीं कह सकता। भरत के नाट्यशास्त्र में ऐसे बहुत से शब्द आये हैं जो लोक-भाषाओं में प्रचलित थे और फिर से संस्कृत में ले लिये गये हैं। बहुत-सी वृत्तियों के साथ प्रदेश विशेष का नाम जोड़ा गया है। तत्काल प्रचलित विभिन्न प्रदेशों की नाटकीय विशेषताओं को भी उसमें स्वीकार किया गया है। इन

दोनों बातों को ध्यान में रखकर कुछ विद्वानों ने अनुमान किया है कि 'कोहल' वस्तुतः 'कोसल' का प्राकृत रूप है जो फिर से संस्कृत में ग्रहण कर लिया गया है और बाद में कोसल देश की शैली के साथ 'कोहल' नामक भरतपुत्र का नाम जोड़ दिया गया है। संस्कृत में अन्यत्र भी ऐसा बहुत हुआ है। इसलिए यह संभावना बनी हुई है कि 'कोहली' शब्द 'कोसल' से आयी हुई किसी जाति (ट्राइब) विशेष का वाचक हो। परन्तु इन बातों को केवल अटकल के हिसाब से नहीं ग्रहण करना चाहिए। जब तक कोहली लोगों की पुरानी परंपरा का ज्ञान नहीं हो जाता तब तक यह अंदाज़िया बात ही कही जायेगी। भरत-पुत्र कोहल से इस शब्द का इस अर्थ में ही संबंध हो सकता है कि वे भी कोसल देश की शैली के प्रतीक हैं और यह जाति भी कोसल से आयी हुई जाति ही है। पंजाब की अनेक जातिवाचक उपाधियाँ देश-विशेष से संबद्ध हैं। इससे अधिक कुछ कहने लायक स्थिति में नहीं हूँ।

आशा है, आप स्वस्थ एवं सानन्द होंगे।

आपका,
हजारी प्रसाद द्विवेदी

20-11-78

प्रिय भाई कोहली जी,

नमस्कार।

पत्र मिल गया था। कुछ अस्वस्थता और उसके बाद कुछ बेमतलब के काम, इन्हीं से आक्रान्त होकर पत्र नहीं लिख सका। 'संघर्ष की ओर' प्रायः पढ़ गया हूँ। पर बीच में एक साहित्य रसिक उसे उठा ले गये। लौटा देंगे, यह सोचकर अभी तक रुका रहा। पर वे अभी कहीं अन्यत्र गये हैं। डर है कि पुस्तक लौटाने के भय से देश ही न छोड़ दें।

जितना पढ़ा है उससे बहुत प्रसन्न हूँ। आपकी नयी व्याख्याएँ अच्छी लगती हैं हालाँकि सब समय मन उनसे सहमत नहीं होता। जरा और रुक कर फिर लिखूँगा। आपकी सशक्त लेखनी का प्रशंसक हूँ।

आशा है सानंद हैं।

आपका,
हजारी प्रसाद द्विवेदी

प्रिय कोहली जी,

मैंने आपका दीक्षा उपन्यास पढ़ डाला, मैंने अपने कुछ मित्रों से उसका जिक्र भी

किया। राम कथा के आदि वाले अंश का कुछ भाग आपने बड़ी कुशलता के साथ प्रस्तुत किया है, उसमें औपन्यासिकता है, कहानी की पकड़ है। वैसे एक जानी-मानी कहानी को एक दूसरी बार कहने में कहानी के कुतूहल तत्त्व पर आघात होता है, फिर भी उसका जो बौद्धिक तत्त्व है वह तो साहित्य की निधि है ही।

उपन्यास स्वभावतः सैद्धांतिक एवं बौद्धिक स्थापनाओं से बोझिल हो गया है, साधारण पाठक के लिए, यह दोष है। व्यक्तिगत रूप से मैं उपन्यास को दार्शनिक या बौद्धिक स्थापनाओं से मुक्त भले ही न मानूँ, लेकिन इन स्थापनाओं की प्रमुखता को मैं कला कृति की कमज़ोरी समझता हूँ। रामायण जानी-मानी कहानी होने के कारण कथा का. .गौण हो जाता है—स्थापना और आरोपण का तत्त्व प्रमुख हो जाता है।

मैंने आप में वह प्रतिभा देखी है जो आपको हिन्दी के अग्रणी साहित्यकारों की पंक्ति में ला देती है और इसीलिए मैंने आपको यह सब लिखा है।

मैं 19 या 20 को एक सप्ताह के लिए दिल्ली जा रहा हूँ। सम्पर्क स्थापित करने का प्रयत्न करूँगा। वैसे आप अगर 20 फरवरी या दो एक दिन बाद राजकमल प्रकाशन में फोन कर लें तो अच्छा हो। वैसे दिल्ली में मेरा पुत्र वसन्त विहार में है—उसका फोन नम्बर 670122 है, वहाँ पूछ लीजिएगा।

आशा है आप सानन्द एवं स्वस्थ होंगे।

आपका,
भवगती चरण वर्मा

2-1-76

प्रिय कोहली जी,

नववर्ष के लिए शुभकामना।

विप्लव कार्यालय द्वारा 'दीक्षा' की प्रति मिली है। स्नेह आदर की प्रतीक आपकी इस सद्भावना के लिए आभारी हूँ।

मकान का पता इस कार्ड पर दे रहा हूँ। कल 'दीक्षा' के कुछ पन्ने पलट कर देखे। याद आया कुछ समय पूर्व किसी पत्रिका 'पश्यन्ति' या 'पहल' (ठीक याद नहीं) में इसके कुछ अंश देखे थे। वे मुझे रुचिकर और सार्थक भी लगे थे। इससे पुस्तक की सफलता का पूर्वाभास हो गया। इधर आयु और अस्वास्थ्य का शैथिल्य है। आज सुबह से पेट में कोलाइटस का कष्ट। पुस्तक मनोयोग से पढ़ सकने के लिए कुछ दिन ठहरकर सुविधा से पढूँगा। इस पत्र को पुस्तक की पहुँच के लिए धन्यवाद रूप सूचना समझें।

सुविधा से अपना कुशल समाचार भी लिखें।

शुभकामना सहित।

हितू
यशपाल

8-2-76

प्रिय कोहली जी,

आशा है, सपरिवार सानन्द हैं।

'दीक्षा' कुछ सप्ताह पूर्व ही पढ़ ली थी। आपने राम कथा जिसे अनेक इतिहासज्ञ मात्र पौराणिक आख्यान या मिथ ही मानते हैं, को यथाशक्ति यथार्थवादी तर्कसंगत व्याख्या देने का यत्न किया है। अहल्या की मिथ को भी कल्पना से यथार्थ का आभास देने का अच्छा प्रयास। आपने लिखा था, 'मेरी तेरी उसकी बात' को पढ़ा जा रहा है। शायद निकट भविष्य में उस पर विचार गोष्ठी करें। यदि गोष्ठी हो नहीं चुकी तो निवेदन है कि मैं 13-2-76 को संध्या 5 बजे थियेटर कम्यूनिकेशन बिल्डिंग हि. स. स. में या नयी दिल्ली नगरपालिका भवन में श्री गोपालदास व्यास की षष्ठि पूर्ति के अवसर पर उपस्थित रहूँगा। दिल्ली 13 को मध्याह्न में पहुँचूँगा। उस संध्या तो व्यस्त रहूँगा। 15 की रात लखनऊ लौटने का विचार है। यदि आपकी गोष्ठी 14 या 15 संध्या 7.30 P. M. तक समाप्त हो सके तो उपस्थित होना चाहूँगा। लेखक अपने श्रम पर पाठकों या अन्य लेखकों की प्रतिक्रिया जानना ही चाहते हैं।

नयी दिल्ली में मैं ग्रेटर कैलाश के समीप D-5, हौज खास में श्री अजित गोपाल के यहाँ ठहरूँगा। उस मकान में फोन नं. 619856 है।

यहाँ से मैं एक आयोजन के प्रसंग में 10 की रात इलाहाबाद जा रहा हूँ। वहाँ से 12 की रात चलकर 13 दोपहर तक दिल्ली पहुँचूँगा। यदि भेंट मात्र की इच्छा हो तो फोन द्वारा 14 या 15 के लिए समय निश्चित हो सकेगा।

हितू
यशपाल

7-5-76

प्रिय नरेन्द्र जी,

आशा है, सपरिवार सकुशल हैं।

'मेरी तेरी उसकी बात' पर समीक्षा यथासमय मिल गयी थी। उसी समय पढ़ डाली थी। पावती कुछ विलम्ब से लिख रहा हूँ।

समीक्षक ने पुस्तक पूरी और सतर्कता से पढ़कर अपने दृष्टिकोण से न्याय या निःसंकोच मन्तव्य प्रकट किया है।

आपके पत्र में सूचना थी, समीक्षा के मसविदे पर कुछ विचार-विमर्श भी हुआ था। दूसरे पक्ष या विचार के भी कुछ संकेत रहते तो मेरे लिए रोचक और उपयोगी भी हो सकता था। परन्तु समझता हूँ, इतना मसविदा साइक्लोस्टाइल करवाने में ही कितनी तवालत हुई होगी, इससे अधिक के लिए समय निकाल पाना बहुत कठिन होता।

परन्तु पत्र में शेष स्थल पर आप निजी प्रतिक्रिया तो 'निःसंकोच' दे ही सकते थे।

पत्र की पावती से संतोष होगा।

हितू
यशपाल

10-3-65

श्रीमन्।

आपका 8-3-65 का कार्ड करगत।

मेरा कहना यह है कि अगर मैं लीला अवसान कर चुका होता, तो आप क्या करते ? जो तब करते सो ही अब करने में क्या आपत्ति है ?

मेरा कहना यह कि, मैं आपके आगे गाल बजा जाऊँ कि मेरा साहित्य-सिद्धान्त रसाल, आम है; लेकिन, मेरी कृतियों से पता चले कि बबूल, फूट है—तो ?

मेरा कहना यह कि, मैं परीक्षा के अयोग्य अपने अस्तित्व के 'अथ' ही से हूँ।

मेरा कहना यह कि 'बाइबिल' में मेरे मन की बात लिखी है : हे मेरे आसमानी बाप ! तू मुझे परीक्षा में मत डाल !

इतने पर भी आप आना ही चाहें, तो किसी दिन, किसी वक्त आ सकते हैं; बशर्ते कि विलायती व्हिस्की जानीवाकर या एक्शा नं. वन या इन्हीं के गोत्र की कोई सुरा–दिव्या–(बोतल) ज़रूर साथ लेते आयें। इसमें लगेगी 'मनी'। मैं जनाब को 'टाइम' दूँगा और 'टाइम इज़ मनी'। जी।

आपका
उग्र

मैं पत्रोत्तर बमुश्किल देने वाला स्वेच्छाचारी–भारी–'उग्र'

1-3-76

प्रिय कोहली जी,

मुझे आपकी रचना बहुत पहले मिली थी। मुझे प्राप्ति सूचना भेजनी चाहिए थी। क्षमा करें। मार्च में यात्रा करनी है। उस समय पढ़ूँगा और अभिमत आपको भेज दूँगा।

आपका
का. बुल्के

30-12-75

प्रिय नरेन्द्र जी,

अभी कुछ ही देर पहले पोस्टमैन आपका भेजा हुआ रजि. पैकेट मुझे दे गया था। 'दीक्षा' मिली, आपकी लिखी भूमिका पर यों ही उचटती सी नजरें डालीं मगर वे बँध गयीं। यह देखकर अपार सुख मिला कि आपके राम मेरे ही राम हैं।

आज रात से आपका उपन्यास ही पढ़ूँगा और जहाँ तक बनेगा बहुत शीघ्र उसे पढ़कर अपना अभिमत पत्र द्वारा आपको प्रकट करूँगा।

नये वर्ष के लिए मेरी मंगल कामनायें स्वीकारें।

शुभाकांक्षी,
अमृतलाल नागर

6-2-76

प्रिय नरेन्द्र जी,

आपको पत्र लिखने में मुझे बहुत देर हो गयी यद्यपि 'दीक्षा' मैं पाते ही पढ़ चुका था। आपको पहुँच का पत्र लिखने के बाद उसी दिन लगभग 4-5 बजे पढ़ने बैठा और रात को ढाई-तीन के लगभग समाप्त करके ही सोया। यदि मेरे आसपास कहीं पोस्टकार्ड होता तो उसी समय लिख डालता। मगर सुबह हुई कि कारे जहाँ दराज़ हो गया। उन दिनों मुझ पर बहुत कुछ पढ़ने का सुखद किंतु दायित्वपूर्ण भार था इसलिए जो फिर उसमें रमा तो 'ना मैं देखों और वो ना तोहि देखन देउं' वाली स्थिति आज से दो दिन पहले तक रही। मैं सचमुच लज्जित हूँ। आपका स्मरण पत्र आया था, उस समय मन को दुःख भी हुआ...मगर क्या करूँ भैया, मैं धीरे-धीरे इतना इकबग्घा होता जा रहा हूँ कि जिस समय जो भूतभावन नचाते हैं वही नाचता हूँ और कुछ ध्यान में नहीं रहता।

अब दीक्षा के संबंध में–

1. जिस स्थिति से सूझ पायी उसमें शक्ति स्रोत था इसलिए प्रवाह अच्छा है, कई विंब अच्छे उभरे, साथ-साथ निवल भी हैं पर होता यह चलता है कि एक अच्छी झाँकी झलक जाती है और उपन्यास फिर ज़ोर पकड़ जाता है। इस तरह रवानी आद्यन्त ही मानी जायेगी। इस सफलता के लिए बधाई।

2. मर्यादा पुरुषोत्तम आपके उपन्यास में भी पुरुष ही हैं यह ठीक हुआ। तुलसी के राम और वाल्मीकि के राम में अंतर है और आप आज की बौद्धिकता को पुष्टि प्रदान करते हुए यदि वाल्मीकि की परंपरा से जुड़ते हैं तो सही कदम ही उठाते हैं। 'दैव द्वारा संपादित दोषों को मुझ मनुष्य ने नष्ट किया।' यह राम सबके हैं। बांग्ला-पाक-भारत युद्ध और बिहार की हरिजन स्त्रियों की अमानवीय यंत्रणाओं के धक्के खाकर आपकी अन्तश्चेतना के पट खुले और जो सीता राम प्रकट हुए वह देश काल के यथार्थ के अनुरूप थे। अपने चरितनायक के चित्रण में आप सश्रद्ध भी रहे हैं और सचेत भी, यद्यपि इस दूसरे पक्ष के बारे में मुझे आपसे शिकायतें भी हैं। खैर उनका चर्चा आगे होगा।

3. आदिवासिनी–अहल्या–सीता यह आपका बड़ा हाई पावर का अनुवीक्षण यंत्र है। शावास ! मगर इस दूरवीन का फोकस सलोतर साधने में आपकी कलम की नौजवानी भरी जल्दबाजी खुद अपनी ही समझ पर आपके हड़बड़ेपन का ऐसा उलझाव ला पटकती है कि मैं पढ़ते-पढ़ते आप पर झुँझला भी उठता था। विलासी सम्राट् के विलासी अमलों की नैतिकता की तस्वीरें उम्दा हैं।

4. रावण और हेति कुल वालों की साम्राज्य लिप्सा किस प्रकार से फैलती जा रही थी। 'सब गज हर भज' वाली स्थिति में पहुँचे हुए राजर्षि से ब्रह्मर्षि बन जाने वाले विश्वामित्र को दशरथ और रावण के साम्राज्यों में कौन और क्यों अधिक जनहितकारी था, इसका सही निरूपण करने के लिए भी आपकी प्रशंसा करता हूँ।

5. आपके विश्वामित्र से मुझे बड़ी शिकायत है। इतना नायाब कैरेक्टर जिसे सोचते हुए खुद उपन्यासकार भी उसके वड़प्पन का कायल है मगर कैरेक्टर को बढ़ाते समय वह अपनी किसी और ही झोंक में बहकर उसे वैसा बढ़ाने से चूक जाता है। आपने आश्रम में राम लक्ष्मण को ले जाकर भी वहाँ विश्वामित्र से उनको वह तालीम क्यों नहीं दिलवाई जो जनकपुरी में ले जाके दिलवाते हैं। वहाँ ऐसा करने से न राम शोभा पाते हैं और न विश्वामित्र। वहाँ तो गुरु चेले में भाँपने के अंदाज़ भर चलते–'क्या समझे। यह समझा–यों समझा। ठीक है।' सिद्धाश्रम में दिव्यास्त्र महज़ छायावादी चीज़ ही बने रहते हैं। वहाँ तरह-तरह के वाणों, ज्वलनशील वस्तुओं के प्रयोगों आदि के संबंध में बातें न होना खलता है, युद्धकला के संबंध में भी गुरु सिखला सकते थे। वह सब तो न किया, बस अपना अस्त्र शस्त्रागार म्यूज़ियम सा

दिखलाकर राम को उसका 'केयर टेकर' बना दिया। लक्ष्मण जी आश्रम के किसी आचार्य से एक जगह कहीं पर गंज़िया लहजे में अति आधुनिक 'ग्रंथ विमोचन' भी करा देते हैं।

आप चूँकि चार उपन्यासों में संपूर्ण रामकथा लिखना चाहते हैं इसलिए मैं चाहता हूँ कि आप थोड़ा और भी पढ़ जायें। मैं 9 फरवरी को आकाशवाणी के नाटकों की जाँच कमेटी के काम से आ रहा हूँ। 1 मास वहाँ रहूँगा। किसी दिन शाम को आपसे बातें हों तो अच्छा रहेगा। पद्मश्री चिरंजीत से आपको मेरा पता मिल जायेगा। इस बीच में आपका एक और उपन्यास 'साथ सहा गया दुःख' भी पढ़ा। अच्छा लगा। बधाई।

शुभाकांक्षी,
अमृतलाल नागर

13-10-76

प्रिय नरेन्द्र,

तुम्हारा 16 नवम्बर का पत्र काफी दिनों तक अनुत्तरित रहा। इन दिनों नये उपन्यास की दीवानगी मुझे फुर्सत ही नहीं लेने दे रही। 'बूंद और समुद्र' के संबंध में पूछे गये प्रश्नों का उत्तर दे रहा हूँ।

1. सज्जन मथुरा में कन्या को बलात् प्राप्त नहीं कर पाता। यद्यपि वह चाहता अवश्य था। उसका यही मानव संघर्ष दूर तक चलता है। काम और प्रेम के द्वन्द्व का चित्रण करना ही मेरा अभीष्ट था।

2. बाबा रामजी केवल मेरे विश्वासों के प्रतीक नहीं बल्कि उनमें वह खूबियाँ थीं जिनसे मैंने विश्वास पाया। बाबा रामजी दूसरे के मन की बातों को जान लेते थे। इसके संबंध में एक प्रश्न पूछने पर उन्होंने मुझसे कहा था, अभ्यास द्वारा यह संभव है। उनके बहुत से 'संभव' मेरे लिए 'असंभव' थे। कुछ बातें अब भी 'असंभव' सी ही लगती हैं किन्तु मैंने चूँकि बाबा रामजी के विश्वासों को निकट से देखने दिखने का सौभाग्य प्राप्त किया था इसलिए यही कह सकता हूँ कि वे बातें असंभव नहीं हैं।

दिल्ली एक दिन के लिए आया था। रात ही में लखनऊ लौट आया। यदि रुकता तो अवश्य ही तुमसे मिले बिना नहीं आता। आशा है सपरिवार सानन्द होंगे। 'अवसर' देखने का अवसर अभी मुझे नहीं मिला।

हार्दिक शुभकामनाओं के साथ

तुम्हारा,
अमृतलाल नागर

26-10-76

परम प्रिय नरेन्द्र,

'अवसर' प्राप्त हुआ। अपने उपन्यास का हाथ लगा अध्याय आज या कल तक पूरा करके इसे तुरंत पढ़ूँगा। लखनऊ के तीन महा नागरिकों में मेरा भी शुमार किया। अगर शाम वाली रौनक में होता तो कहता कि 'ज़र्रा नवाज़ी है आपकी' मगर इस समय तो राम काज करने वाले अपने युवा कलाकार साथी के लिए बनावट के बोल मुँह से निकल ही नहीं सकते। सुबह के श्रम से चूर तन किंतु संतोष से भरे पूरे मन से तुम्हें बहुत काम करने और अक्षय यश सिद्ध करने के आशीर्वाद देता हूँ।

सौ. श्रीमती कोहली और चि. बच्चों को मेरे शुभाशीष।

मंगलाकांक्षी,
अमृतलाल नागर

'अवसर' पढ़कर शीघ्र ही पत्र लिखूँगा।

3-9-77

प्यारे नरेन्द्र,

अनेकानेक शुभाशीष।

तुम्हारा पत्र पाया। अपना सर तुम्हारे सामने झुका हुआ है। साल भर एक भरपूर दीवानगी के आलम से गुजरा हूँ। तुम्हारा उपन्यास मिला; पढ़ भी न पाया था कि महाशय ठाकुरप्रसाद सिंह उसे उठा ले गये। मैं भी अपने होश में न था। तुम 14 सितंबर के मेले में लखनऊ आओगे ही, मेरे लिए एक प्रति लेते आना भाई। ठाकुर से तो अब अगले बरस की 14 सितंबर को ही दाम वसूल करवा के तुम्हें दूँगा। तुम क्षत्रिय हो राम को उसी रूप में निहार रहे हो, मुझे राम का हुकुम हुआ कि मन की जाति वर्ण बदल कर मुझे देखो। शायद आज दिन के लिए ही बाबा रामजी ने मुझसे अपने जाति वर्ण शून्य पागल रोगियों का मल-मूत्र साफ करवाया था। एक दिन तुम्हें भी अपने जाल में रामजी यों ही फँसायेंगे बच्चू—पूत के लच्छन पालने में ही दिखलाई देते हैं। सौ. बहूरानी और चि. बच्चों को बड़ी-बड़ी असीसें और प्यार।

अमृतलाल नागर

12-2-81

परम प्रिय चि. नरेन्द्र,

दिल को दिल की तलाश थी। तुम्हारे तार की पहुँच सकारने के लिए मुझे तुम्हारे

पते की तलाश थी। इतना अवकाश नहीं कि पुराने पत्रों में पता खोजूँ। तार पाने के बाद बहुत-सी व्यस्तताओं के बावजूद इतने दिनों तक तुम निरंतर मन में डोलते रहे। आज तुम्हीं अपना पता लेकर आ पहुँचे।

सुदामा की कथा वस्तुतः भागवत में ही आयी है। मेरी दृष्टि में सुदामा ऐतिहासिक नहीं वरन् भक्तिपरक कथा का नायक है। श्रीकृष्ण की दीन बंधुता, सुदामा के दो मुट्ठी चावलों में उसे द्विलोकाधिपति का ऐश्वर्य दे डालने की ईश्वरीय शक्ति दर्शाने के लिए अंकित की गयी है। जैसे दशम स्कंध की बाल लीलाओं को सूर ने अपने रंग में ढाल कर अनुपम बना दिया है वैसे ही सीतापुर बिसवां के नरोत्तमदास कवि ने सुदामा चरित्र लिखकर उसे अपार लोकप्रियता प्रदान की थी। मुझे आज भी टुकड़े-टुकड़े में बहुत-सी पंक्तियाँ याद हैं।

सुदामा की कथा तुम्हें दो भागों में देखनी पड़ेगी (1) कंसवध से बाद और महाभारत युद्ध से पहले के काल में। यानी सांदीपनि के गुरुकुल में।

गुरुओं के यहाँ दक्षिणा देकर पढ़ने वाले भी रहा करते थे और भृत्य शिष्य भी। स्पष्ट है कि गुरुकुल में कृष्ण बलदेव मथुरा के नायक और बड़े आदमी के बेटों की हैसियत से आये और सुदामा भृत्य शिष्य के रूप में। कृष्ण अपने अध्ययन काल में बहुत तेज थे। इसका उल्लेख मिलता है और यह उल्लेख न मिलने पर भी स्पष्ट है कि सुदामा भी प्रखर बुद्धिशाली रहे होंगे। तभी छोटी बड़ी हैसियत वाले में मिलाई हो गयी।

(2) महाभारत युद्ध के बाद जब श्रीकृष्ण द्वारकाधीश थे—अर्थात् यादवों के राष्ट्रपति और सुदामा : 'कोड़ें सवां जुरितो भरि पेट जो, चाहती ना दधि दूध मठौती। या घर ते कबहूँ न गया पिय टूटे। तवा अरु फूटी कठौती।' जैसी पत्नी की रिरियाहटें सुनते दीन हीन किंतु स्वाभिमानी पंडित थे।

महाभारत काल की ऐतिहासिक पृष्ठभूमि ले लो।

महाभारत काल की सामाजिक|आर्थिक वैचारिक व्यवस्थाओं पर किताबें बहुत हैं। मुंशी ने कृष्ण पर उपन्यास ही लिखा है। लाला लाजपत राय ने भी श्रीकृष्ण के जीवन पर एक पुस्तक लिखी थी। चिंतामणि विनायक वैद्य की 'महाभारत मीमांसा' में भी मसाला मिल जायेगा। कृष्ण चरित ऐतिहासिक भी है और साक्षात् परमात्मा के रूप में भी। पुष्टिमार्गीय श्रीवल्लभाचार्य तो यहाँ तक मानते थे कि श्रीकृष्ण अवतार नहीं स्वयं पूर्ण परब्रह्म ही थे। तुम्हें दोनों के बीच से रास्ता निकालना होगा।

यशस्वी हो। दीर्घजीवी हो। सौ. बहूरानी और चि. बच्चों को शुभाशीष।

तुम्हारा

अमृतलाल नागर

5-11-82

प्रिय नरेन्द्र,

हमारे नेह भरे मन दीप जुड़ें, जगमगाते रहें।

मंगल कामनाओं सहित,

अमृतलाल नागर

20-12-82

प्रिय नरेन्द्र,

तुम्हारा पत्र मिला। प्रति वर्ष विभिन्न अवसरों पर शुभ कामनाओं की बाढ़ आती देखकर एक साल मौज आयी कि कुछ प्रिय आत्मीय स्वजनों को मैं भी शुभकामनायें भेजा करूँ। बस शुरू कर दिया। 15-20 पत्र लिखवा लेता हूँ। जिस नाते से औपचारिकता निभाने का चलन चला वह नाता यों भी अच्छा है। राम ने मुझे बे-बहाने भी जाने-अनजाने के लिए सदा शुभकामनायें ही अर्पित करने वाला मन जब दिया ही है तब बहाने भी क्या बुरे हैं ? तुम्हें, सौ. बहूरानी को अपने चि. पोतों को प्यार और नये वर्ष की हार्दिक शुभकामनायें अर्पित करता हूँ।

मकान बनवाया, ठीक किया। वह तुम सबको फले। चि. कुमुद का मकान 98 प्रतिशत बनकर तैयार है। चि. शरद की ज़मीन भी राम चाहेंगे तो अगले वर्ष भवन मण्डित हो जायेगी। खूब लिखो यश पाओ।

तुम्हारा
अमृतलाल नागर

मकान किस महल्ले में बनवाया ?—अ. ना.

6-3-86

परम प्रिय चि. नरेन्द्र,

मेरी समझ में अर्द्ध नारीश्वर के मेल जैसा अंश—जीव—(1) अपना एक जन्म का नियत आयुमान् पूरा करने, (2) संतति प्रजनन से संसार को निरंतर गतिशीलता प्रदान करने तथा (3) तथा पूर्व जन्मों के भाग्य भोग भोगते हुए नव कर्म फलोपत्ति से आगामी जन्म का भाग्य विधान रचने के लिए जन्म मरण धर्म से बँधा स्त्री-पुरुष रूप धारण करता है। शुद्ध होकर अंश फिर अंशी में मिल जाता है।

तुम्हारे पूज्य पिताश्री देहमुक्त हुए। देश के बँटवारे में उखड़ कर नये सिरे से जमे, तुम लोगों को पढ़ाया पालन किया। मर्दाने काम किये। तुम्हारे जैसे पुत्र के पिता होने का गौरव प्राप्त किया। वे धन्य हुए। राम प्रभु उनकी आत्मा को निज चरण

लीन करें। रही उनके इस जन्म के स्वजनों आत्मीयों की बात–उन्हें मोह बोध होगा ही। होना भी चाहिए, केवल काल गति से उसकी अधीरता समाप्त हो जायेगी।

सहदुःखानुभूति सहित

शुभाकांक्षी,
अमृतलाल नागर

16-8-77

प्रिय नरेन्द्र जी,

पुस्तक मिल गयी। धन्यवाद। बड़ी रुचि से पढ़ रहा हूँ। 126 पृष्ठ तक पहुँच गया हूँ। अलौकिक काम के परिधानों से अलग कर स्थिति संगम रूप में जो आपने राम कथा को प्रस्तुत किया है, वह प्रयास लाभकारी होगा। पर राक्षस के लिए क्या आधुनिक गर्विष्ठ वर्ग के पुरुष का नमूना कांम नहीं दे सकता था ?

रचना पर बधाई तो अभी ही दे सकता हूँ।

स्नेहांकित
जैनेन्द्र

19-8-77

भाई नरेन्द्र जी,

4.45 होता है। अभी पुस्तक पूरी की है। मैं नहीं जानता उपन्यास से क्या अपेक्षा है और क्या उसका शिल्प होता है। प्रतीत होता है आपकी रचना उपन्यास के धर्म से ऊँचे उठकर कुछ शास्त्र की कक्षा तक बढ़ जाती है। मैं इसके लिए आपका कृतज्ञ होता और हार्दिक बधाई देता हूँ।

आप दोनों का घर फिर दर्शन प्राप्त हो सके तो मैं कृतार्थ हूँगा।

सस्नेह,
जैनेन्द्र

20-1-65

प्रियवर,

तुम्हारा पत्र मिला। आवश्यकता और स्थिति के अनुसार तुम्हारा यथोचित सहायता करने का प्रयत्न किया जायेगा। तब तक तुम किसी अच्छे डाक्टर या वैद्य से

अपनी चिकित्सा कराने की व्यवस्था करो। मेरी अपनी धारणा है कि तुम्हारे रोग का एकमात्र कारण सांध्यकालीन कार्यक्रम नहीं हो सकता।

शुभेषी,
नगेन्द्र

5-2-73

प्रियवर,

तुम्हारी कृतियाँ मुझे यथासमय मिलती रही हैं। स्नेह-स्मरण के लिए आभारी हूँ। मुझे खेद है कि अनेक प्रकार की विवशताओं के कारण मैं उनका अध्ययन नहीं कर पाया। वैसे, तुम्हारी प्रतिभा के निरन्तर उत्कर्ष पर मैं सन्तोष और गर्व का अनुभव करता हूँ। समय मिलने पर कुछ रचनाओं को पढ़ने का प्रयत्न करूँगा।

शुभेषी,
नगेन्द्र

7-2-76

प्रियवर,

तुम्हारा पत्र मिला। मैं अवश्य ही तुम्हारे उपन्यास को पढ़कर उस पर अपनी प्रतिक्रियाएँ व्यक्त करने का प्रयास करूँगा।

शुभेषी,
नगेन्द्र

1-6-76

प्रियवर,

कल मैंने आपका उपन्यास 'दीक्षा' पढ़ लिया। बहुत रुचिकर लगा। इसमें प्रौढ़ चिंतन के आधार पर रामकथा को आधुनिक संदर्भ प्रदान करने का साहसिक प्रयत्न किया गया है। बालकांड की प्रमुख घटनाओं तथा राम और विश्वामित्र के चरित्रों का विवेक-सम्मत पुनराख्यान, राम के युगपुरुष/युगावतार रूप की तर्क पुष्ट व्याख्या, उपन्यास की विशिष्ट उपलब्धियाँ हैं।

मेरी शुभकामनाएँ।

नगेन्द्र

11-12-74

प्रिय भाई,

पत्र के लिए हार्दिक आभार लें।

सरकारी और गैरसरकारी सभी संस्थानों में एक परिपाटी रही है कि जिस व्यक्ति की निर्णय के लिए प्रस्तावित विषय में कोई रुचि हो तो उसे निर्णायक का पद स्वीकार नहीं करना चाहिए।

इसलिए मुझे तो क्षमा कर दीजिए।

आशा है स्वस्थ प्रसन्न होंगे।

स्नेही,
विष्णु प्रभाकर

16-11-76

प्रिय बन्धु,

प्रसन्न होंगे। सोवियत लैण्ड नेहरू पुरस्कार प्राप्त होने पर आपने जो स्नेहसिक्त बधाई व शुभकामनाएँ भेजीं उनके लिए औपचारिक आभार प्रगट करना उनका मूल्य घटाना है। वस्तुतः यह सम्मान आपके उस स्नेह का ही, जो मुझे सदा प्राप्त रहा है, परिणाम है। इसलिए बधाई के पात्र तो आप हैं।

मेरी तो यही कामना है कि मैं सदा इसी तरह आपके स्नेह का पात्र बना रहूँ।

स्नेही,
विष्णु प्रभाकर

25-4-77

प्रिय भाई,

पत्र मिला। पिछले महीने तक तो घूम ही रहा था। लगभग 19 महीने यात्रा पर ही रहा। अब कुछ लिखने की इच्छा है। उपन्यास है।

स्तम्भ की सामग्री कब तक चाहिए। सानन्द होंगे।

शेष शुभ।

स्नेही,
विष्णु प्रभाकर

20-8-79

प्रिय भाई,

21 दिन बाद परसों दिल्ली लौटा तो आपके द्वारा भेजा श्रीमती यशपाल का पत्र देखा। यह तो बड़ा अन्याय है। कहीं कुछ पढ़ा नहीं इसके बारे में। इतना बड़ा काण्ड और इतनी चुप्पी। लखनऊ भी गया एक बार किसी ने चर्चा नहीं की।

पूरी रिपोर्ट रविवार या 'साप्ताहिक हिन्दुस्तान' में छपनी चाहिए।

आप क्या करना चाहते हैं ?

और कैसे हैं। मैं पत्नी की बीमारी के कारण परेशान हूँ।

स्नेही,
विष्णु प्रभाकर

9-1-82

प्रिय भाई,

नव वर्ष की शुभ कामनाएँ मेरी भी स्वीकार करें आप दोनों।

'अभिज्ञान' की प्रति मिल गयी। अवकाश पाते ही पढ़ूँगा। इस वक्त बहुत ही व्यस्त हूँ। कल पत्नी के सम्बन्ध में पुस्तक तैयार है। अब एक रेडियो रूपक है। एक पुस्तक सम्पादन के लिए हाथ में है। मार्च में छप जानी है।

विषय मेरे मन के अनुकूल है। पन्ने पलट रहा था तो आकर्षण अनुभव किया।

सबको स्नेह स्मरण।

स्नेही,
विष्णु प्रभाकर

17-3-82

प्रिय बन्धु,

आपका उपन्यास 'अभिज्ञान' अभी पढ़ कर चुका हूँ। आधा रात पढ़ गया था आधा अब पूरा किया। चिन्तन-मनन को बहुत कुछ है इसमें। मतभेद हो सकता है पर आपकी तर्क पद्धति के पीछे सुनियोजित चिन्तन है। यूँ व्यक्तिगत रूप से मैं तर्क का बहुत कायल नहीं हूँ, वह प्रभावित करता है पर आश्वस्त नहीं करता। फिर भी कर्म सिद्धान्त को समझने की दृष्टि है इसमें।

आपने उस युग को आज के युग के साथ जोड़ा है। स्थितियाँ वे ही हैं पर फिर भी कार्य का रूप वैसा ही नहीं लग रहा। बहस हो सकती है और वह भी उपन्यास

की सफलता ही है। आपने कथा के मूल रूप को विकृत नहीं किया, बहुत बड़ा और बहुत अच्छा काम किया। लेकिन विचार और तर्क इतने प्रबल हो उठे हैं कि कथा-रस खण्डित हो गया है। विचार और कर्म में सन्तुलन नहीं सधा—ऐसा मुझे लगा। उस युग के चरित्रों में सुदामा, कर्ण, एकलव्य, विकर्ण मेरे प्रिय रहे हैं। लिखना भी चाह रहा हूँ पर मेरा दृष्टिकोण भिन्न है। खैर, वह कभी हो सका तो देखेंगे। अभी तो आज प्रिय पात्र को आपकी आँखों से देखकर निराशा नहीं हुई। बहुत अपना लगा और भी अच्छा लगता यदि वह कहीं कर्म के स्तर पर मानव हो पाता, अभी तो चिन्तन के स्तर पर ही है।

यादवों के पतन की बात कही गयी है, उसे जरा दिखा पाते तो और भी अच्छा होता। कृष्ण की वेदना मुखर हो पाती और उस वेदना के बीच उसका चिन्तन उसे सचमुच योगी बना देता। यादवों की मद्यसभाएँ तो विख्यात हैं। तब सांब और प्रद्युम्न के चरित्रों का तुलनात्मक अध्ययन हो पाता। कृष्ण मित्र से एक रूप हो जाते। तुरन्त पढ़ कर जो लगा, वह लिख रहा हूँ। इतना झकझोरा, यह क्या कम सफलता है। उस युग के दर्पण में अपने युग को देखा। कभी कृष्ण को भी देखेंगे।

स्नेही,
विष्णु प्रभाकर

23-2-76

प्रिय भाई कोहली जी,

आपके तीनों पत्र यथासमय प्राप्त हो गये थे। इस बीच मैं न्यूजीलैंड चला गया था इसीलिए पत्रोत्तर में विलम्ब हुआ, आशा है अन्यथा न समझेंगे ?

'दीक्षा' आदि से अंत तक पढ़ गया किसी अंश तक दीक्षित भी हुआ। रामकथा की ऐसी युगानुरूप व्याख्या पहले कभी नहीं पढ़ी थी। इससे राम को मानवीय धरातल पर समझने की बड़ी स्वस्थ दृष्टि मिलती है और कोरी भावुकता के स्थान पर संघर्ष की यथार्थता उभर कर सामने आती है। इस साहसपूर्ण प्रयास के लिए मेरा साधुवाद स्वीकार कीजिए। मैंने अपनी एक लम्बी रचना में कुछ ऐसा ही प्रयास किया है, शायद कभी आपके नजरों से गुज़रा हो। आपकी व्याख्या में बड़ी ताजगी है। तारीफ तो यह है कि आपने राम-कथा की पारंपरिक गरिमा को कहीं विकृत नहीं होने दिया। गुस्ताखी माफ करें तो एक-आध बात कह दूँ किसी नुक्ताचीनी के रूप में नहीं, केवल अपनी सहज प्रतिक्रिया के रूप में—

(1) ...ये राक्षस देवताओं के समान विज्ञान एवं...और उनके पास जनशक्ति है। (पृ. 16)

जहाँ तक मेरी जानकारी है द्राविड़ सभ्यता आर्य सभ्यता की अपेक्षा विज्ञान एवं तकनीकी ज्ञान में अधिक समृद्ध थी, वास्तुकला में भी और तकनीकी ज्ञान में भी। फिर आतताइयों के पास जनशक्ति नहीं होती। शायद आपका तात्पर्य भाड़े के सैनिकों अथवा लूटपाट करने वाले, कत्लेआम करने वाले तैमूरी अथवा नादिरशाही आतताइयों से होगा।

(2) बहुलाश्व और देवप्रिय के कथा का संदर्भ ऊपर से जोड़ा हुआ थिगड़ी सा मालूम पड़ता है। इसे छोड़ देते तब भी काम चल सकता था। (पृ. 92-93)

(3) पुत्रेष्टि यज्ञ को व्याख्यायित करने की व्यग्रता मुझे व्यर्थ लगी।

(4) गौतम के व्यक्तित्व में ग्रंथावलोकन का आग्रह कुछ आवश्यकता से अधिक हो गया है।

फिर भी इस सबसे आपके कथ्य और शिल्प में कहीं जर्ब नहीं पड़ता। पाठक की जिज्ञासा और शंका जताना मेरा फर्ज है। मैं तो चाहूँगा किं आप इसी प्रकार रामायण और महाभारत के अन्य पौराणिक प्रसंगों या प्रकरणों का भी उद्घाटन करें। है तो जोखिम का काम पर यदि सध गया तो आप हिंदी कथा साहित्य में सर्वथा नयी विधा के प्रणेता होंगे। मेरी हार्दिक मंगलकामना आपके साथ है।

स्नेह और साभार

विनम्र,

शिवमंगल सिंह 'सुमन'

12-4-77

प्रिय भाई,

आपका पत्र। अवसर काफी पूर्व पढ़ा था। उपन्यास रोचक हो सका है। किन्तु चूँकि रामकथा सुपरिचित-अति परिचित है, अतएव ज्यादा बड़े परिवर्तन काल्पनिकता का आभास देने लगते हैं। मेरी राय में अपेक्षाकृत अल्प परिचित पात्र पुराण कथाओं से लेकर उन पर अपना अभिमत व्यक्तित्व आरोपित करना—इस दिशा में प्रयत्न करें। आप में ऐतिहासिक उपन्यास लिखने की विकसित क्षमता है, इसमें सन्देह नहीं।

आपकी और बड़ी सफलताओं की कामना करता हूँ।

सस्नेह,

देवराज

25-2-76

प्रिय कोहली जी,

आपका दीक्षा उपन्यास दिसम्बर के अन्तिम सप्ताह में मिला था। जनवरी में दो

सेमिनारों और एक सप्ताह व्यापी कांफ्रेंस में सम्मिलित होना पड़ा, हाल ही में चंडीगढ़ के एक सेमिनार में जाना पड़ा। इन सब व्यस्तताओं में आपको समय से उत्तर नहीं दिया जा सका, इसके लिए क्षमा प्रार्थी हूँ।

आपका 'दीक्षा' उपन्यास मैंने रुचिपूर्वक पढ़ा। उपन्यास पढ़ने में मन लगता है, यह मामूली बात नहीं है। आपने रामकथा की एक नये आधुनिक रूप में व्याख्या की है। नैतिक प्रश्न ज्वलन्त रूप में उठाये जा सके हैं। सीता की जन्म कथा और अहल्या की शाप कथा का विश्वसनीय रूपान्तरण हुआ है। विश्वामित्र के चरित्र को नयी गरिमा से मण्डित किया गया है। राम का अपने भाइयों की अपेक्षा में अधिक वयस्क होना समझ में आता है।

'दीक्षा' एक प्रकार से ऐतिहासिक उपन्यास नहीं है, क्योंकि उसका आधार मिथक-रूप है। मिथक होते हुए भी रामकथा हमारी जनता को इतिहास से भी अधिक सत्य जान पड़ती रही है। इन दृष्टियों से उपन्यास ऐतिहासिक उपन्यास के धरातल को छूता है। मेरा अनुमान है कि आप विशुद्ध ऐतिहासिक उपन्यास भी सफलता से लिख सकेंगे। इस दृष्टि से सम्भवतः श्री अमृतलाल नागर के उपन्यास विशिष्ट हो सके हैं। आप में वैसे उपन्यास लिखने की योग्यता है।

'दीक्षा' पढ़ने से लगा कि लेखक शृंगार के प्रसंगों को बचाकर चलना चाहता है; नागर जी ऐसा नहीं करते। 'दीक्षा' में एक प्रकार की नैतिक शुद्धता का ओज है। फिर भी मेरा विचार है कि लेखक के लिए प्यूरिटन होना विशेष वांछनीय नहीं है।

प्रसन्न होंगे। सधन्यवाद,

देवराज

प्रथम श्रेणी के कपितय उपन्यासकारों में अब एक नाम और जुड़ गया—दृढ़तापूर्वक अपना यह अभिमत आप तक पहुँचाना चाहता हूँ.। नरेन्द्र कोहली या उनके मित्रों को मेरी राय का पता नहीं है। आपको ही पहले-पहले सूचित कर रहा हूँ.।

'रामचरितमानस की कथानक सम्बन्धी तर्क-शून्यता ने मुझे बहुत उकसाया'—कथाकार ने भूमिका में लिखा है—'अहल्या के चरण छूने वाले, अज्ञात कुलशीला सीता से विवाह करने वाले, निषाद को गले लगाने वाले, शबरी के जूठे बेर खाने वाले, बानर-भालू जैसी पिछड़ी हुई आदिम जातियों को गले लगाकर उन्हें अपने भाइयों के समान मानकर. .साम्राज्यवादी राक्षस रावण के सम्मुख खड़ा करके उसे पराजित कर देने वाले राम को जाति, सम्प्रदाय तथा अध्यात्म की शृंखलाओं में बँधे देखकर पीड़ा का ही अनुभव हुआ था।' दुष्टदलनकारी एवं लोकप्रिय राम की कथा का बखान वहाँ तर्कातीत आस्था के अमृत कुंड में बार-बार गोते लगाकर नहीं किया

गया है...

छिछली सांप्रदायिकता, दुरभिसंधिमूलक कूटनीति और राजाश्रयी आचार्यत्व के लिए महर्षि वसिष्ठ की बड़ी ही कटु आलोचना की गयी है.।

शस्त्र चलाने की शिक्षा प्राप्त करने के लिए मुखर ('वानर' जाति का एक आदिवासी) प्रार्थी बनकर आश्रम में पहुँचा, राम ने उससे दो वचन लिए—'तुम्हारा शस्त्र-कौशल प्रत्येक दलित के लिए सहज-सुलभ होगा और तुम्हारा शस्त्र केवल न्याय के पक्ष में उठेगा' ('अवसर' पृ. 166) इस प्रकार के पचासों उद्धरण इन कथाकृतियों से निकाले जा सकते हैं।

रामकथा से सम्बन्धित सारे ही पात्र नये-नये रूपों में सामने आये हैं, उनकी जनाभिमुख भूमिका एक-एक पाठक-पाठिका के अन्दर पक्षधरत्व को अंकुरित करेगी—इन उपन्यासों के बारे में यह मेरा भविष्य कथन है.। (प्रकाशक—श्रीकृष्ण को लिखा गया एक पत्र)

नागार्जुन

8-1-76

प्रिय कोहली,

किंचित देर ही से सही, नये वर्ष की ढेरों शुभकामनाएँ लो।

तुम्हारा 3-1-76 का पत्र मिला। कुछ दिन पहले तुम्हारा उपन्यास भी मिला था। मैं आजकल एक लघु उपन्यास लिख रहा हूँ। आधे से ज्यादा लिख चुका हूँ। केवल पाँच परिच्छेद लिखने बाकी हैं। चूँकि वह किसी को भेजना है, जिनसे मैं पेशगी रुपया ले चुका हूँ और पहले ही काफी देर हो चुकी है, इसलिए कुछ भी और करना मेरे लिए मुश्किल है। टालने की मेरी आदत नहीं है। उपन्यास तो तुम्हारा मैं इस बीच पढ़ लूँगा। एक चौथाई पढ़ भी लिया है। लेकिन उस पर अफरा-तफरी में सार्थक कुछ लिख पाना मेरे लिए कठिन है। वह सिर्फ टालना होगा, जो मुझे पसन्द नहीं है। फिर मैं यह भी चाहूँगा कि जब मैं इस उपन्यास पर लिखूँ तो दो-चार पैरे तुम्हारे पहले उपन्यास के बारे में भी लिखूँ और इस काम के लिए मुझे उस उपन्यास को फिर पढ़ना होगा।

मैं उपन्यास खत्म करके दिल्ली आऊँगा। एक-आध महीना वहाँ रहूँगा। तब मैं तुम्हारे उपन्यास पर विस्तृत राय दे सकूँगा और यदि उन दिनों कोई गोष्ठी रख सको तो उसमें स्वयं उपस्थित होकर पढ़ भी दूँगा। आजकल तो मैं डाक का भी जवाब नहीं देता। पर तुम दोस्त आदमी हो, बुरा न मान जाओ, इसलिए ये चन्द पंक्तियाँ लिख रहा हूँ। आशा करता हूँ मुझे क्षमा करोगे।

इससे पहले कि मैं पत्र समाप्त करूँ, मैं एक बात पूछना चाहता हूँ। जिस प्रक्रिया से तुमने राम को पच्चीस वर्ष का दिखाया है, उसी प्रक्रिया से लक्ष्मण को पन्द्रह-सोलह वर्ष का क्यों नहीं दिखाया। तेरह वर्ष की उम्र उस सब कथोपकथन के लिए बहुत छोटी दिखती है।

सस्नेह,
उपेन्द्रनाथ अश्क

पुनश्च :
मैंने जल्दी में यह पत्र टाइपिस्ट को DICTATE कराया है, इसकी गलतियों पर ध्यान न देना।

अश्क

31-12-73

प्रिय कोहली जी,
अतिमर्श के अंक देखे। इसमें कोई सन्देह नहीं कि आप लोग बड़ी निष्ठा से साहित्य का सृजन कर रहे हैं। आपके प्रयोग भी नये और महत्त्वपूर्ण हैं। सिर्फ एक बात खटकती है, वह यह कि आज हमारा देश और समाज जिस असुरक्षा से गुजर रहा है, पुराने को छोड़ चुका है, पर नये को विकसित नहीं कर पा रहा है, उसकी पीड़ा आपके साहित्य में जितनी प्रतिफलित मैं देखना चाहता हूँ, उतनी मैं नहीं पाता। यदि कहीं पीड़ा है तो उससे निराशा झलकती है न कि नये विहान की पूँजी या पाथेय मिलता है।

अतिमर्श परिवार को नववर्ष की बधाइयाँ।

मन्मथनाथ गुप्त

12-12-74

प्रिय कोहली जी,
मैं अपने को बहुत सम्मानित समझता हूँ कि आपने मुझे निर्णायकों में चुना।

आपको शायद ज्ञात हो कि मैं तेरह वर्ष तक 'सरिता' की जनवरी संख्या में वार्षिक साहित्य पर 5,000 शब्दों का एक लेख लिखता था, पर बाद को मैंने अपनी इच्छा से यह कार्य त्याग दिया। कारण यह था कि मैं इस कार्य के साथ न्याय तभी कर सकता जब सारा वर्ष जागरूक रहूँ, साल में तीन महीने पुस्तकें पढ़ूँ, NOTES तैयार करूँ। यानी MOST BORING AND THANKLESS. मैं इस बीच अंग्रेजी

या विश्व साहित्य के BEST AND LATEST BOOKS क्यों न पढ़ूँ ?

ऐसी स्थिति में आपकी योजना तभी सफल हो सकती है, जब आप पहले 10 आदमियों की एक समिति (अतिमर्श परिवार) बनाकर 10 पुस्तकें चुन लें, फिर अपने निर्णायकों को वे पुस्तकें सस्ते दामों (SAY AT 100/-) में उपलब्ध कराएँ। उन्हें एक महीना समय दें।

यों नहीं तो क्या होगा, प्रचार कार्य जीत जायेगा। निर्णायक सही राय न दे सकेंगे। जिस पुस्तक का प्रकाशक या लेखक या दोनों मिलकर ढोल जोर से बजायेंगे, उसी पुस्तक का डंका बजेगा, जो गलत होगा।

अतएव 1974 में मैं इस वर्ष की पुस्तकों पर ईमानदारी से कोई निर्णय नहीं दे सकूँगा। 'सरिता' के उन लेखों में मैंने यशपाल, रेणु, नागार्जुन, अमृतलाल नागर, शिवमंगल सिंह आदि को सबसे पहले महान् प्रतिभाशाली घोषित किया था, उर्वशी पर मैंने यह राय दी थी कि यह अभूतपूर्व है आदि।

यदि अगले साल के लिए कहें तो कुछ आँखें खोलकर रखूँगा, पर तृप्ति मुझे तभी होगी जब दस पुस्तकों में से उसी प्रक्रिया से चुनाव हो। इस प्रक्रिया से मुझे विश्वास है आपका निर्णय साहित्य अकादमी से अधिक सुन्दर होगा। कम से कम इसकी संभावना है–

मन्मथनाथ गुप्त

8-3-75

प्रियवर,

अवसर-2 की कटिंग मिली।

आपका प्रयास सुन्दर है, पर पुरानी बोतल में नयी शराब भरने से श्रेय का माया-मृग हाथ नहीं लगने का। इससे अप्रत्यक्ष रूप से आप कह रहे हैं कि

(1) आप नया कथानक बनाने में रुचि नहीं रखते या उसमें असमर्थ हैं।

(2) पुराने कथानककार अच्छे थे।

किसी भी हालत में इसमें यदि आप सफल भी माने जायें, तो 75 प्रतिशत यश टैक्स के रूप में महर्षि रामायणकार को मिलेगा।

कृपा

मन्मथनाथ गुप्त

ऊपर जो कहा गया उसके अलावा YOU WILL STRENGTHEN RELIGIOUS. यह FALL OUT के रूप में होगा।

26-12-75

प्रिय कोहली जी,

आपका पाठ्यक्रम सम्बन्धी लेख पढ़ गया। इधर उभरते लेखकों में आप एक प्रमुख चिन्तक के रूप में सामने आ चुके हैं।

पाठ्यक्रम की आपने जो आलोचना की उसकी अपव्याख्या यह हो सकती है कि आपकी सुदीर्घ लनतरानी का मतलब इतना ही है कि आप तथा आपके साथियों की रचनाएँ पाठ्यक्रम में ली जायें, तो आप सन्तुष्ट होंगे, बाकी मात्र शब्दजाल है, सो भी बहुत पारदर्शक शब्दजाल। यह अपव्याख्या तब तक हो सकेगी, जब तक आप कथित 'गहरे मानवीय मूल्यों' (पृ. 8 नीचे से पंचम पंक्ति) का हिज्जे करके न बतायें। मैं समझता हूँ आपको यह बताना चाहिए था गहरे मानवीय मूल्य कौन से हैं, उनकी आज के सन्दर्भ में क्या माँग है, क्या तकाजे हैं, विशेषकर POLITICS में क्योंकि आज राजनेता ही सब कुछ GUIDE कर रहे हैं अपनी तिरस्कार पुरस्कार सम्बन्धी शक्ति से।

आशा है आप इस आधारभूत विषय पर सोचेंगे। इसके बिना आपकी सारी आलोचना बेपेंदी रहेगी। मूल बात यह है कि आप समाजवाद पर क्या सोचते हैं। बात यह है लड़ाई एक ही है, जो विश्वव्यापी है। नववर्ष की शुभेच्छाएँ–

मन्मथनाथ गुप्त

21-4-77

प्रिय कोहली जी,

सार्थक के भूतपूर्व सम्पादक ने (नाम का रिकार्ड नहीं) मुझे एक पत्र भेजा कि 'यशपाल' पर छोटा नोट भेजूँ। मैं 'कादम्बिनी' (मई) के लिए यशपाल पर लिख रहा था, फिर भी लगभग 600 शब्दों का एक लघु लेख उनके घर के पते पर भेजा, जो आप ले लें। इसके अलावा 'सार्थक' के छपे पते पर उससे पहले एक लेख भेजा था, उसकी CARBON COPY भेज रहा हूँ। खुशी हुई कि आप ऐसा सार्थक व्यक्ति आ गया है गद्दी पर। कृपा बनायें रहें।

कृपया पहुँच दें।

मन्मथनाथ गुप्त

17-8-79

प्रिय बन्धु,

आपका भेजा हुआ पत्रांश।

मुझे स्थिति पहले ही मालूम है। बताने वाले का कहना है कि SHE HAS

BEEN THROUGHOUT ON THE WRONG SIDE OF LAW. खैर हमें तो श्रीमती यशपाल की ओर से दबाव डालना डलवाना है।

20 तारीख का कीचड़ ज़रा बैठ जाये तो हम दस पाँच साहित्यकार यहाँ के गृहमंत्री से मिलें। यह मालूम है वह क्या कहेगा। वह कहेगा यह राज्यीय मामला है। फिर आगे सोचेंगे।

जय हिन्द दोनों को।

म. गुप्त
(मन्मथनाथ गुप्त)

15-1-75

मान्य बंधु,

आपका पत्र दिल्ली होते हुए मुझे यहाँ आकर मिला।

योजना अच्छी है।

सफलता के लिए मेरी शु. का.

मुझे सम्मिलित कर आपने मुझे गौरव दिया—आभारी हूँ।

योजना में थोड़ा फेर-बदल करने का सुझाव दूँ ?

सर्जनात्मक साहित्य में किसी एक कृति को सर्वश्रेष्ठ कहना असंभव है।

साल में कई दृष्टियों से कई अच्छी कृतियाँ आ सकती हैं।

अभिनंदन आदि प्रदर्शन है—यह विद्रूपता तक पहुँच चुका है। लेखक का सबसे बड़ा अभिनंदन है कि उसके पाठक हों।

अच्छी कृतियों की ओर निष्पक्षता से ध्यान आकर्षित करना पर्याप्त होगा।

ENGLAND की BOOK CLUB CHOICE जैसी योजना बनाएँ कुछ विशिष्ट कृतियों पर BOOK CLUB CHOICE की पट्टी लगे—इससे पाठक को अच्छी पठन सामग्री खरीदने में आसानी होगी।

अस्वस्थता के कारण मैं तो अब अधिक पढ़ भी नहीं पाता—मुझे BOOK CLUB की सदस्यता से माफी दें। मैं BOOK CLUB CHOICE का लाभ उठाऊँगा—यानी जिन पुस्तकों पर B. C. C. की पट्टी होगी उन्हें खरीदूँगा, पढ़ूँगा।

शु. का.

सादर
बच्चन

I am sorry, Narender ! I could not write you earlier, but I was full of you-your pen-your outlook and I have written a page after that which will appear in Nagmani, Jan, 79.

Recommend your...but it will take time to translate in Punjabi. Would you care to come some day ?

Yours,
Amrita Pritam

Dt. 6-12-78

7-1-76

प्रिय भाई,

आपका पत्र मिला। उसके साथ ही आज उपन्यास की प्रति भी मिली। शीघ्र ही उसे अवश्य पढ़ूँगा। वैसे मेरी सम्मति केवल एक पाठक की सम्मति हो सकती है। समीक्षक होने का कोई भ्रम मुझे नहीं है। यदि उस सम्मति का आपकी दृष्टि में कुछ भी उपयोग हो तो मैं अवश्य भेजूँगा।

आपका,
धर्मवीर भारती

27-2-76

प्रिय भाई,

कसूरवार हूँ कि आपको इतनी देर में पत्र लिख रहा हूँ। यह कमबख्त धर्मयुग का काम दिनों दिन समय-लेवा होता जा रहा है।

आपको लिखा था कि समय निकाल कर 'दीक्षा' पढ़ूँगा, लेकिन उसी दिन शाम को यूँ ही कुतूहलवश कुछ पन्ने पलटे और फिर उस पुस्तक ने कुछ ऐसा INTRIGUE किया कि दोनों दिन पूरी शाम उसे पढ़कर ही खत्म किया। बधाई।

चार खण्डों में पूरी रामकथा की पुनर्व्याख्या बहुत बड़ा PROJECT है। आप यदि अंत तक यह TEMPO रख ले गये तो वह बहुत बड़ा काम होगा। इसमें सीता और अहल्या की छवियों की पार्श्व कथाएँ बहुत ही सशक्त बन पड़ी हैं—लेकिन... और यह लेकिन...महत्त्वपूर्ण है क्योंकि मिथक के वर्तमान उपयोग में इस फिसलन की अक्सर गुंजाइश रहती है उससे आपको बचना होगा।

मिथक को आधुनिक साँचे में फिट करने से बात बिगड़ने लगती है, मिथक को आधुनिक सन्दर्भ में पुनर्जीवित करना पड़ता है। 'दीक्षा' में दोनों ही रंग हैं। लेकिन अगले खण्डों में पहले रंग को यथासम्भव दूसरे ही रंग के शेड के रूप में आने दें।

एक बात और अहल्या प्रसंग में इन्द्र के आगमन के प्रसंग की शब्दावली ऐसी है

मानो किसी आज की अन्तर्राष्ट्रीय कांफ्रेंस में किसी मंत्री का आगमन चित्रित हो—यहाँ तक कि 'अधिवेशन' आदि शब्द हैं जो उस संदर्भ की मिथकीयता को खण्डित करते हैं। यथासंभव वैदिक या पौराणिक शब्दों का ही पुनस्संकार करें।

राम का आंतरिक मानवीय द्वन्द्व भी ज्यादा उभरना चाहिए। आपने उस ओर संकेत किया है फिर हिचक गये हैं। अंततोगत्वा वे एक किशोर बालक थे, उपेक्षिता माँ के असमय प्रौढ़ मानसिकता वाले किशोर। उनकी भी अपनी नोंकें रही होंगी जो समय के साथ घिसी होंगी। वह प्रक्रिया तो चित्रित होनी ही चाहिए।

'दीक्षा' की मेरी प्रति अनेक मित्रों में घूम रही है। 'शम्बूक-वध' की प्रति भी मिली है। पढूँगा। पुनः बधाई और अगले खण्डों के और भी सफल होने की शुभकामनाएँ।

सस्नेह,
धर्मवीर भारती

20-3-68

प्रिय कोहली जी,

आपके द्वारा लिखित ABSURD उपन्यास धर्मयुग में पढ़ा। बहुत अच्छा लगा। तब से सोचती रही कि आपको मैं पत्र लिखूँ। किसी की रचना अच्छी लगे, तो उस पर पत्र लिखने का अभ्यास मुझे अधिक नहीं, क्योंकि समय नहीं मिलता।

श्री कपिल आर्य से आप का पता ज्ञात हुआ।

ABSURD उपन्यास अपने में सर्वोत्तम यथार्थवादी रचना थी। मैं स्वयं नौकरी करती हूँ और वह भी ADMINISTRATIVE तिस पर पंजाबी हूँ। उपन्यास के परिवेश और पात्रों से उसी तरह परिचित हूँ जैसे अपने आप से।

आयु में आपसे बड़ी हूँ—केवल इसलिए आशीर्वाद देने का अधिकार है, परन्तु आप अच्छे लेखक हैं—वास्तव में, नारेबाजी और गुटबाजी के बल पर बनाये हुए नहीं, तो मेरी शुभकामनाएँ हैं कि अपने लेखन की 'विशेषता' को आप बनाये रखें। इधर आपकी रचनाएँ ध्यान से देखती हूँ। पर वह बात जो इस रचना में थी, ज्ञानोदय, अमिता, कहानीकार या अन्य किसी रचना में नहीं आयी। यों ज्ञानोदय वाली कहानी बड़ा तीखा व्यंग्य था। शेभ शुभ।

शुभाकांक्षिणी,
रजनी पनिकर

26-10-72

प्रिय कोहली साहब,

आपका पत्र मिल गया है और युवराज के लिए कोई व्यंग्य रचना भेजने के बारे में सोच रहा हूँ। मुझे तो इसी बात की प्रसन्नता है कि आपने मुझे अपना समझा है, इसी कारण बिना पारिश्रमिक के रचना भेजने के लिए कहा है। मगर रचना नवम्बर के दूसरे-तीसरे सप्ताह तक ही भेजना सम्भव हो पायेगा। अतएव अगर उस समय आप एक बार फिर REMIND करा दें तो अच्छा रहेगा।

आशा है आप प्रसन्न हैं।

सप्रेम,
राधाकृष्ण
21, राधाकृष्ण लेन, रांची

1-1-74

प्रिय भाई श्री नरेन्द्र कोहली,

'अतिमर्श' का अंक तीन मिला। सम्पादक गांधी-मार्ग के नाम है, इसलिए मैंने इसे परिवर्तन की सूची पर ले लिया है। 'गांधी-मार्ग' का अगला अंक 15 जनवरी को निकलेगा, भेजा जायेगा। डा. धीरेन्द्र के लिए का संक्षिप्त रूप और कविताएँ पढ़ ली हैं। ठीक, तेज़ और आज की तो हैं ही। कहानियाँ सब छोटी और अच्छी चुनीं, इससे बहुत थोड़े पन्नों में बहुत सारी विविधता दी जा सकी है। हिन्दी की कहानी इन दिनों बहुत ठीक बढ़ रही है। यह तथ्य इन छोटी-छोटी कहानियों को पढ़कर भी मन पर पक्का हुआ। 'असली और नकली फूलों के बीच' काफी अलग ढंग से लिखी गयी अच्छी कहानी है। दूसरी कहानियाँ भी अच्छी हैं, मगर इस कहानी का तरीका काफी हटा हुआ है, इसलिए इसका अलग से उल्लेख किया। पुस्तक समीक्षा पढ़कर डा. लाल का नाटक पढ़ने का मन हुआ; नाटक के मामले में हम लोग दरिद्र हैं। इसलिए आपने उसकी जो अच्छाइयाँ और बुराइयाँ (चुराई तो कोई नहीं हैं) सूचित की हैं, उन्हें पढ़कर ही समझना चाहिए। अंक भेजने के लिए धन्यवाद !

विनीत,
भवानीप्रसाद मिश्र

1-12-78

प्रिय भाई श्री नरेन्द्र कोहली,

'दीक्षा' सुन्दर उपन्यास है। सीरीज़ के बाकी के उपन्यास भी पढ़ना चाहता हूँ।

लेखकीय मूल्य पर प्रकाशक से लेकर मुझसे वही मूल्य लेकर दे सकें तो अच्छा। नहीं तो फिर किसी पुस्तकालय से खरीदने को कहूँगा—निहायत शानदार काम हुआ है। मैं कल आया, आज भोपाल जाना पड़ रहा है। 4/12 को यहाँ नहीं रह पाऊँगा। नहीं तो जरूर आ जाता। साहित्यकार को हर व्यवस्था की खराबियों पर अंगुली रखना ही चाहिए। व्यवस्थाओं का स्वभाव जम जाने का तो होता ही है। उसमें प्रवाह और ताज़गी जनमत की जागृति के बल पर आती है। मगर कई व्यवस्थाएँ बंद व्यवस्थाएँ हैं जो समाज के सोचने वालों के लिए काल बनकर ही जीवित रहती हैं। उनके खिलाफ वहाँ का एकाध साहित्यकार खड़ा होता है तो होता है, नहीं तो जो होता है सो हम कम से कम आधी शताब्दी से देख रहे हैं।

विनीत,
भवानीप्रसाद मिश्र

24-7-82

प्रिय भाई श्री कोहली,

आगरा से सोमवार की दोपहर को लौटकर मालूम हुआ कि फोन आया था। रोज सोचते रहकर फोन नहीं किया। कल शाम फिर बच्चों ने बताया कि आपका फोन था। मिलाया तो मिलाता रह गया। फोन तब तक आपका काम करना बंद कर चुका था। फिर आज सवेरे भी वैसा ही हुआ। मैंने 199 से मदद माँगी—उन्होंने भी कहा कि फोन खराब है। इसलिए यह कार्ड लिखा। पत्र सोमवार को आपको मिलेगा। उसके बीच कोशिश करता रहूँगा। कल टी. वी. पर कैलाश वाजपेयी, श्रीकांत वर्मा और केदारनाथ सिंह से मैंने 'अभिज्ञान' की बात की। उन्होंने पढ़ा नहीं था। पढ़ेंगे। इस कृति के लिए बधाई स्वीकार करो। श्रीमती कोहली और मित्रों को नमस्कार कहना।

विनीत,
भवानीप्रसाद मिश्र

12-1-84

प्रिय भाई श्री कोहली,

स्नेह की आहट पाकर अच्छा लगा। वैशाली का नया घर क्या अपना है, या किसी अन्य सुविधा से पुरानी जगह छोड़ी ?

मैं साधारण ठीक हूँ। श्रीमती कोहली को नमस्कार कहें।

विनीत,
भवानीप्रसाद मिश्र

प्रिय भाई श्री नरेन्द्र कोहली,

श्रीमती प्रकाशवती के पत्र का अंश प्राप्त हुआ। बेशक आश्चर्यजनक है। पत्र तीन महीने पहले का है, क्या अभी तक मामला हल नहीं हुआ है। इस मामले में हम सब लोग क्या कुछ कर सकते हैं, अगर आपने कुछ सोचा हो तो मुझे भी सुझाएँ। शेष सब कुछ ठीक है। मित्रों को नमस्कार कहें। श्रीमती प्रकाशवती जी भी अच्छी होंगी।

विनीत,
भवानीप्रसाद मिश्र

मैं ज़रा गड़बड़ हूँ। इसलिए पत्र बोला है। भ.

9-4-77

प्रिय भाई कोहली जी,

'सार्थक' का सम्पादन भार आपने ले लिया है, जानकर खुशी हुई। आशा है बढ़िया चीज़ें पढ़ने को मिलेंगी।

'आजकल आप क्या लिख रहे हैं' शीर्षक स्तम्भ के अन्तर्गत मैं कुछ भी लिख पाने की स्थिति में नहीं हूँ। लिख तो जरूर रहा हूँ लेकिन उस बारे में कुछ पहले से सूचित करने की स्थिति में नहीं हूँ। कुछ बन पाये, नहीं बन पाये, मैं क्या कह सकता हूँ, फिर वर्षों से एक वहम सा भी पाल रखा है कि पहले से किसी काम की चर्चा करो तो वह पूरा नहीं होता, उसे 'हवा लग जाती है'। कैमरे में फिल्म बन्द रहे तो तस्वीरें बनती रहती हैं, बीच में एक बार कैमरा खोल दो तो सब चौपट हो जाता है। इस कारण भी संकोच होने लगता है। यों अधिक कुछ नहीं, अभी तक तो फुटकर कहानियों पर ही काम करता रहा हूँ।

आशा है स्वस्थ तथा प्रसन्न होंगे।

सस्नेह,
भीष्म साहनी

9-5-76

प्रिय भाई,

सस्नेह वन्दे।

यह एक संयोग की बात है कि कल ही आपका पत्र मिला और कल मैं पूरे दिन आपके साथ रहा। पुस्तक की एक प्रति मैंने लाइब्रेरी में मँगवा ली है, दूसरी प्रति का मूल्य मनीआर्डर से भेज रहा हूँ। मेरे पते पर पुस्तक भिजवा देंगे।

कल का पूरा दिन 'दीक्षा' पढ़ने में गया। सुबह 10 बजे पुस्तक हाथ में ली शाम 5 बजे उसे समाप्त करके ही घर से बाहर निकल पाया। बीच में श्रीमती जी ने पूछा ऐसी कौन-सी पुस्तक है जिसने हमें भी भुलाकर अपने में रमा लिया। मैंने कहा—तुम पढ़ोगी तो तुम्हारी भी यही स्थिति होगी। भगवान् राम मेरे प्रिय चरित नायक हैं। उन पर प्राप्त समस्त ग्रन्थों को मैंने पढ़ा है। वाल्मीकि रामायण और तुलसी रामायण के अलावा लोकगीतों के राम मेरे प्रिय विषय रहे हैं।

मेरी यह मान्यता है कि वाल्मीकि के राम ग्रुप फोटोग्राफी हैं जिसमें धरती, प्रकृति, समाज और परिवार के साथ सबके चित्र अंकित हैं लेकिन तुलसी के राम एनलार्जमेंट हैं। उसमें अन्य पात्रों को पृष्ठभूमि में डालकर सिर्फ राम का चित्र उभार कर रखा है। लोकगीतों के राम में प्रत्येक पात्र के साथ न्याय किया गया है। उसमें प्रत्येक की व्यथा कथा अंकित है, उसमें राम ने जो कुछ भोगा, जिया उसका मानवीय दृष्टि से अंकन है। इससे उसमें राम का व्यक्तित्व और भी उभरकर सामने आया है। तुलसी को यदि बिना धनुष के राम स्वीकार नहीं तो लोकगीतकार को बिना सीता के राम स्वीकार नहीं। उसका मस्तक सीता सहित राम के चरणों में ही झुकता आया है बड़ा विराट कैनवस है उसका और उदात्त मानवीय चित्रण है उसमें राम का।

मैं साथ में अपने लेखों के कुछ रिप्रिन्ट्स इसलिए भेज रहा हूँ कि आगे के भागों में यह अंश अछूता नहीं रह जाये।

मुझे यह देखकर अद्‌भुत आश्चर्य और सुख हुआ कि मेरे और आपके विचारों में अद्‌भुत साम्य है। ऐसा विचार साम्य दुर्लभ होता है, इसी से मैं आपसे घनिष्ठ आत्मीयता महसूस करता आया हूँ।

आप व्यंग्य निबन्धकार रहे हैं। मेरी यह मान्यता रही है कि जिसमें सृजनात्मक साहित्य के निर्माण की शक्ति नहीं वह व्यंग्यकार हो नहीं सकता। सस्ता और भौंडा हास्यकार भले ही हो। व्यंग्य का जन्म ही दर्द में से होता है। आपको इस कसौटी पर खरे पाकर सुख हुआ।

मैंने डा. शांतिकुमार नानुराम व्यास का वाल्मीकि रामायण पर शोध प्रबन्ध पढ़ा है। रमेश कुन्तल मेघ तथा आठवलेकर के राम को भी पढ़ा है लेकिन जिनता सूक्ष्म, गहन, चिंतनपूर्ण, विराट् चित्रण आपने किया वैसा समूचे हिन्दी साहित्य में आज तक

कहीं देखने पढ़ने को नहीं मिला। मेरा मन इस ग्रन्थ को पढ़कर इतना प्रसन्न है जैसे मैंने ही इसे लिखा हो। इतनी सुन्दर कृति के लिए मेरा विनम्र प्रणाम स्वीकारें। अगर मैं राजा अथवा साधनसम्पन्न मंत्री होता तो रामायण की जगह इस पुस्तक को खरीदकर घर-घर बँटवाता।

राम जैसे क्रांतिकारी चरित नायक को जिसमें हर युग को नेतृत्व देने की क्षमता है, जिसमें नितांत अकेले रह जाने पर भी शून्य में ही शक्ति संचय कर रावण पर विजय पाने की शक्ति है उसे चमत्कारों के झूठे आवरण में बाँधकर महज पूजा की वस्तु बना देना सबसे बड़ा अन्याय है। जो युग युगांत तक सब के मन में, जनमन में रमता है वही तो मेरा प्रिय राम है।

मेरा एक विनम्र निवेदन है। कृपया पुस्तक के शेष तीन भाग भी शीघ्र प्रकाशित करने की व्यवस्था करें। पाव रोटी का टुकड़ा परोसकर किसी के मन को ललचाये रखना, पढ़ने की आली पर बैठाये रखना ठीक नहीं। अपने प्रकाशक से कहिए वह पूरे ग्रन्थ को शीघ्र साथ प्रकाशित करने की व्यवस्था करे।

मैंने समय-समय पर जिस दृष्टि से राम, कृष्ण पर निबन्ध लिखे हैं वह पुस्तक भेज रहा हूँ। यद्यपि यह मेरे ललित निबन्धों का संग्रह है लेकिन इसी में मैंने राम, कृष्ण, बुद्ध, ईसा, महावीर और ऋग्वेद तथा आदिम लोक कथाओं के तुलनात्मक अध्ययन पर भी निबन्ध दे दिये।

इस वर्ष इस पुस्तक पर मुझे 1500 रुपये का पुरस्कार मिला है साथ ही 'निमाड़ी का लोक साहित्य और संस्कृति' पर भी 1500 रुपये का पुरस्कार एक साथ मिला है। ललित निबन्ध संग्रह का नाम है 'कुंकुम कलश' और—मिलने की प्रबल इच्छा है देखिये कब योग आता है।

पुनः एक बार इतनी सुन्दर सर्वांगपूर्ण सम्पन्न उदात्त, विचारोत्तेजक कृति के लिए मेरी अंतरात्मा का प्यार एवं प्रणाम स्वीकारिये।

रामनारायण उपाध्याय

28-11-76

प्रिय भाई,

सस्नेह वन्दे।

'दीक्षा' के बाद 'अवसर' पढ़ने का अवसर प्रदान करने के लिए जिस कलम से प्रकाशित हुआ था उसके प्रति श्रद्धा और आस्था सहित नत हूँ।

रामकथा को वाल्मीकि और तुलसी की संपूर्ण गरिमा के साथ, ऐतिहासिक और मनोवैज्ञानिक तथ्यों सहित, प्रत्येक पात्र से संवेदनशीलता के आधार पर जुड़कर,

मानवीय धरातल पर प्रस्तुत करने के इस विराट् आयोजन के लिए मेरी हार्दिक बधाई स्वीकार कीजिए।

पुस्तक की शैली इतनी सहज और विचारोत्तेजक है कि अनेकों बार या तो आँखों में आँसू छलछला आते हैं या शिराओं में रक्त दौड़ने लगता है।

जीवन में अनेकों ग्रन्थ पढ़े कुछ पौराणिकता से चिपके हैं, कुछ नितांत साहित्यिक या बौद्धिकता में उलझ गये। आपने रामकथा को जीवन के जंगी जुलूस के साथ निभाने वाले कथानक के रूप में प्रस्तुत कर एक साहसिक प्रयोग किया है।

सोचता हूँ कौन हो तुम जिसने समय से आगे बढ़कर, आगे आने वाले समय में साथ निभाने वाली अंगुली बनकर, जन-जन से तदाकार राम को, भयंकर से भयंकर युग में भी निर्जन वन में ही अपनी राह बनाने वाले राम, अकेले आदमी की तेजस्विता के साथ, सुदृढ़ सम्बल प्रदान किया है।

तुम कोई भी हो, अखिल मानवता को ऊँचा उठाने वाली एक सशक्त कृति प्रदान करने के लिए मेरा विनम्र प्रणाम स्वीकार कीजिए।

आपका ही,
रामनारायण उपाध्याय

मैं अपनी रचनाओं की जानकारी भेज रहा हूँ।

20-7-78

प्रिय भाई,

सस्नेह वन्दे।

आज ही आपका 'संघर्ष की ओर' ग्रन्थ पढ़कर समाप्त किया है। पुस्तक कहने को जी नहीं चाहता। इस कृति ने आपको ग्रन्थकारों की ऊँचाई प्रदान की है। वाल्मीकि और तुलसी के बाद रामकथा का ऐसा विराट् दर्शन, विशद विवेचन और विचारोत्तेजक ग्रन्थ दूसरा पढ़ने को नहीं मिला। पढ़कर रोम-रोम झनझना उठा है। शैली इतनी रोचक है कि पाठक भी अपने आपको उस विराट् जंगी जुलूस का सहयात्री समझने लगता है। वर्णन ऐसा सजीव है कि रामकथा की प्रत्येक घटना से परिचित होने पर भी साँस रोककर यह जानने की इच्छा होती है कि आगे क्या होगा। अध्ययन इतना मनोवैज्ञानिक है कि लेखक की सूझ-बूझ की दाद देने और कलम चूमने को जी चाहता है।

सबसे बड़ी बात तो यह कि यह कृति युग-युग से प्रवहमान रामकथा को सही परिप्रेक्ष्य में देखने-समझने और उससे आत्मसात होने की तथा एक अकेले आदमी को बड़े से बड़े अन्याय का प्रतिकार करते हुए सही ढंग से जीने की प्रेरणा प्रदान करती

है।

अगर मैं बादशाह, राजनेता या साधन सम्पन्न होता तो आपके इस ग्रन्थ की लक्ष-लक्ष प्रतियों को खरीदकर बँटवा देता ताकि बीसवीं सदी का असहाय ग्रामीण जन, तथा सुविधाजीवी, बौद्धिक वर्ग इसे पढ़कर अपने लिए सही मार्ग दर्शन पा सकता।

आपका कलमनिष्ठ साथी होने के नाते इतना तो कहूँगा ही कि आपकी यह कृति अधिक से अधिक साथी पढ़ सकें।

इतनी सुन्दर, प्रेरक, विचारोत्तेजक सृजनधर्मा कृति के लिए मेरा विनम्र प्रणाम स्वीकारें।

आपका भी भाई,
रामनारायण उपाध्याय

पुनश्च :

आपको लिखा यह पत्र पते में थोड़ी सी गलती हो जाने से लौट आया। मजा आ गया।

आपसे हुई चर्चा को विस्तार से लिखा है। 1-2 दिन में आपको भेज रहा हूँ। कृपया उसे देखकर यदि कोई संशोधन, परिवर्धन, सुझाव हो तो लिखकर लौटा दीजिएगा।

मैं इसे तुलसी जयंती पर प्रकाशनार्थ नवभारत टाइम्स को देना चाहता हूँ और कोई पत्र तो इतने शीघ्र छापेंगे नहीं।

आपके साथ लिया फोटो भेजने को भाई प्रेम जनमेजय को लिखा था।

शेष कुशल।

चि. कार्तिकेय को आशीष।

रामनारायण उपाध्याय
1-8-78

25-3-80

प्रिय भाई,

रामनवमी का प्रमाण स्वीकारें। यह भी संयोग है कि रामनवमी के अवसर पर पूरे दो दिन से रामकथा युद्ध 2 भाग के माध्यम से आपके साथ हूँ। पढ़कर ऐसे लगा मानो मैं भी पूरे कथानक का सहयात्री हूँ। पुस्तक क्या है प्रत्येक पात्र की व्यथा अनुभूति से श्वास-प्रश्वास के साथ आत्मसात होकर आपने उसे पूर्ण स्वरूप दिया।

वाल्मीकि और तुलसी के बाद रामकथा का ऐसा विशद, भावभीना, ऐतिहासिक एवं मनोवैज्ञानिक दृष्टि से मानवीय परिप्रेक्ष्य में अध्ययन प्रस्तुत नहीं किया। पुस्तक पढ़ते समय अनायास अश्रु प्रवाह होता रहता था। कब आँसू आते और कब सूख जाते पता ही नहीं चलता। पूरे दो दिन में दो खंड पूरे पढ़ डाले। आप अपनी कलम के प्रति ईमानदार और कथानक के साथ पूरा-पूरा न्याय कर पाये हैं। इतनी सुन्दर कृति के लिये बधाई तो क्या दूँ कृति एवं कृतिकार के प्रति अंतरात्मा का प्यार एवं प्रणाम स्वीकार कीजिए।

पू. बहन जी को प्रणाम। बच्चों को प्यार।

प्रभात प्रकाशन से मेरा एक व्यंग्य संग्रह 'बक्शीशनामा' छपा है। दो संग्रह और आ रहे हैं। भेजूँगा।

आपका ही,

रामनारायण उपाध्याय

फरमान

1967

प्रियवर,

'इश्क एक शहर का' स्वीकृत है। आपकी शायद पहली ही रचना मैंने पढ़ी—बहुत ही अच्छी लगी।

सस्नेह,

धर्मवीर भारती
सम्पादक 'धर्मयुग'

1967

प्रिय भाई,

धारावाहिक प्रकाशन के लिए ऐतिहासिक या पौराणिक उपन्यासों पर विचार करने की स्थिति में हम नहीं हैं।

सस्नेह,

धर्मवीर भारती
सम्पादक 'धर्मयुग'

27-10-67

प्रिय भाई,

आपकी तीन रचनाएँ पढ़ीं इधर। परिणति तो स्वीकृत ही थी। एक एब्सर्ड उपन्यास 'दिस लाइफ' और 'एक जिन्दगी'।

रचनाएँ तीनों पसन्द आयीं लेकिन 'दिस लाइफ' निस्सन्देह श्रेष्ठ है। वह भी स्वीकृत है। लघु उपन्यास लौटा रहा हूँ। अन्यत्र उपयोग में ले आयें।

सहयोग बनाए रखें।

सस्नेह,

धर्मवीर भारती
सम्पादक 'धर्मयुग'

5-1-68

प्रिय भाई,

पत्र मिला। समाचार से बहुत दुःख हुआ।

आपकी एक कहानी 21 जनवरी के अंक में आ रही है। उसका पारिश्रमिक जनवरी में ही भेजने का प्रयास करेंगे। 'परिणति' अप्रैल में प्रकाशित होगी। उसका अग्रिम भेज पाना सम्भव नहीं दीखता।

सस्नेह,

धर्मवीर भारती
सम्पादक 'धर्मयुग'

6-5-68

प्रिय भाई,

इधर अनेक किस्तों में छापने लायक लम्बी कहानियों पर विचार करने की स्थिति में हम नहीं हैं—छोटी कहानियाँ ही भेजें।

सस्नेह,

धर्मवीर भारती
सम्पादक 'धर्मयुग'

7-10-68

प्रिय भाई,

'अस्पताल' 15 अगस्त के विशेषांक में देने वाले थे। लेकिन वह अंक आ नहीं सका। इधर नवम्बर दिसम्बर में आपकी दोनों स्वीकृत व्यंग्य रचनाओं का उपयोग कर रहे हैं—जनवरी में गणतंत्र अंक में अस्पताल।

लम्बी रचनाएँ अभी न ले सकेंगे—

सस्नेह,

धर्मवीर भारती
सम्पादक 'धर्मयुग'

26-3-69

प्रिय भाई,

'अस्पताल' (जो गणतंत्र विशेषांक में प्रकाशित हुआ था) इससे अधिक सुगठित था—

कोई और कहानी भेजें।•

सस्नेह,

धर्मवीर भारती
सम्पादक 'धर्मयुग'

2-2-77

प्रिय भाई,

आपकी व्यंग्य रचना 'कहने वाले का अर्थ' हम होली विशेषांक में ले रहे हैं। उसमें एक अंश के विषय में आपको सूचित करना है।

पृष्ठ 3 पर रामलुभाया के नगर निगम से साइकिल स्कूटर और कार पार्किंग का ठेका लेने का जो प्रसंग उसमें है उसे हम देना नहीं चाहेंगे। आपका व्यंग्य इससे पहले वाले पैराग्राफ तक ही देने पर सटीक उतरता है। यदि यह प्रसंग रोक लिया जाये तो हमारे विचार से रचना की मूल भावना पर किसी प्रकार का व्याघात नहीं पहुँचता है। आशा है आप इस प्रसंग को निकालने की अनुमति देंगे।

शेष शुभ है। उत्तर की प्रतीक्षा में।

आपका,
मनमोहन सरल
'धर्मयुग'

3-3-78

प्रिय भाई,

उपन्यास का अंश मिल गया। बहुत ही सधा हुआ लेखन है। क्या यह संभव होगा कि बाली-वध का प्रसंग भी भेज दें ताकि स्थान निकले तो वह प्रसंग भी ले सकें।

आपका,
धर्मवीर भारती

17-10-78

प्रिय भाई,

आपकी रचना 'खाली हाथ' नहीं मिली है। लगता है कहीं डाक में खो गयी।

दूसरी प्रति उसकी तुरंत भेज दें।

सस्नेह,

धर्मवीर भारती

25-1-79

प्रिय भाई,

भारती जी के पिछले पत्र के सिलसिले में ही यह पत्र लिख रहा हूँ। धर्मयुग के 8 अप्रैल के अंक में रामकथा पर लिखे गये आपके चारों उपन्यासों की पृष्ठभूमि में हम आपका एक आत्मकथ्य प्रकाशित करना चाहते हैं।

इन उपन्यासों को लिखते वक्त आप किस मानसिक, वैचारिक प्रक्रिया से गुजरे, उपन्यास के लिए रामकथा ही क्यों चुनी, उसकी प्रासंगिकता, फिर लिखते समय किन वैचारिक द्वंद्वों तथा अनुभूतियों का साक्षात्कार हुआ, आदि का समावेश करते हुए धर्मयुग के दो पृष्ठों (लगभग 3000 शब्द या 8 टाइप पृष्ठ) के लगभग सामग्री हमें शीघ्र भेज दीजिए। आत्मकथ्य इन चारों उपन्यासों की पृष्ठभूमि में ही हो, यह ध्यान अवश्य रखियेगा।

8 अप्रैल का अंक रामनवमी विशेषांक है और उसमें दो पृष्ठ आपके लिए सुरक्षित हैं। कृपया 20 फरवरी तक लेख अवश्य भेज दें ताकि निर्धारित योजना के अनुसार उसे प्रस्तुत करने में हमें सुविधा हो।

पत्र लिखकर सहयोग की सूचना दें।

स्वस्थ होंगे।

आपका

अवध किशोर

'धर्मयुग'

5-3-80

प्रिय भाई,

कुछ समय पूर्व आपकी एक रचना प्राप्त हुई है, जिसका शीर्षक 'उधार' है। इसके शीर्षक के एक ओर आपने लिखा है 'बाल कथा'। हम जानना चाहेंगे कि यह रचना आपने बाल जगत् के लिए भेजी है अथवा सामान्य पृष्ठों के लिए।

आशा है कि आप शीघ्र ही हमें इस विषय में पत्र द्वारा सूचित करेंगे।

स्वस्थ एवं सानंद होंगे।

आपका,

आलोक मेहरोत्रा

'धर्मयुग'

11-3-81

प्रिय भाई,

'आदिवासियों के संदर्भ में राम' संबंधी आपका लेख प्राप्त हुआ। अनेक धन्यवाद। यथासंभव इसे रामनवमी के अंक में लेंगे लेकिन यदि किसी कारण से आदिवासी संबंधी विस्तृत सर्वेक्षण आगे के किसी अंक में लेना पड़ा तो इस लेख को उसी के साथ आगे के अंक में लेंगे। लेख बहुत अच्छा बन गया है, धन्यवाद।

आपका,
धर्मवीर भारती
सम्पादक 'धर्मयुग'

25-6-81

प्रिय भाई,

फिलहाल हमारे पास जो सामग्री धारावाहिक प्रकाशन के लिए स्वीकृत है वह अगले वर्ष के मध्य तक चलेगी। इसलिए अभी किसी भी उपन्यास या उपन्यास अंश के प्रकाशन की कोई गुंजाइश नहीं है।

महेन्द्र कार्तिकेय ने आपका एक लघु उपन्यास भिजवाया था। वह भी इसी कारण उन्हें लौटवा दिया।

आपका आदिवासी और राम संबंधी पूर्व स्वीकृत लेख अगस्त के किसी अंक में प्रकाशित हो रहा है।

आपका,
धर्मवीर भारती
सम्पादक 'धर्मयुग'

21-1-82

प्रिय भाई,

इसे स्वीकृत किया था कि जनवरी-फरवरी के किसी अंक में लेंगे, पर जनवरी में 3 और 16 के अंक न छप पाने के कारण मार्च तक के अंकों का सारा क्रम अस्त-व्यस्त हो गया है। विवशता को समझ कर इस व्यतिक्रम के लिए क्षमा कर देंगे। ग्रीटिंग कार्ड वाला लेख 28 दिसम्बर के अंक में छप चुका है।

सस्नेह,

धर्मवीर भारती,
सम्पादक 'धर्मयुग'

15-6-82

प्रिय भाई,

आपका पत्र मिला। नाटक का प्रकाशन धर्मयुग में संभव नहीं होगा।

सस्नेह,

आपका,
धर्मवीर भारती
सम्पादक 'धर्मयुग'

19-4-67

प्रिय भाई,

'दि कालेज : एक एब्सर्ड उपन्यास' पढ़ा। लगा कि यह चीज बहुत अलग कोण से उठाई गयी है। कई जगह यह रचना बहुत स्मार्ट है।

अंत तक पहुँचते-पहुँचते इसका दायरा बहुत छोटा होकर कुछ पात्रों और स्थितियों तक सीमित हो जाता है। यदि इसे व्यापक बिखराव और आज की अन्तर्विरोधी स्थितियों से जोड़ा जा सके तो निश्चय ही यह कृति बहुत अच्छी बन सकती है।

प्रो. वर्मा का पान-सिगरेट की दुकान खोल लेना ज्यादा 'कन्ट्राइव्ड' लगता है। आप इसे एक बार यदि रिवाइज करें तो शायद बात बन जाये।

मैं इसे फिलहाल रख रहा हूँ। आपका पत्र मिलने पर ही कुछ तय करूँगा।

सस्नेह,

कमलेश्वर
सम्पादक 'सारिका'

25-4-67

प्रिय भाई,

आपका 22 अप्रैल का पत्र मिला। धन्यवाद। मैं चाहता तो यही हूँ कि आप अपनी रचना को अच्छी तरह से रिवाइज कर दें क्योंकि मुझे जो कमी खटक रही थी वह कथ्य की व्यापकता से सम्बन्धित है। जब तक वह व्याप्ति उसमें नहीं आती; तब तक मेरी नज़र से, वह रचना उठ नहीं पायेगी।

यदि आपको इतना परिश्रम करने में आपत्ति न हो तभी करें, क्योंकि यह अभी निश्चित रूप से नहीं कहा जा सकता कि रिवीजन के बाद उसका क्या रूप बनेगा।

इस सम्बन्ध में आपके उत्तर की प्रतीक्षा रहेगी।

सस्नेह,

कमलेश्वर
सम्पादक 'सारिका'

12-5-67

प्रिय भाई,

आपका 9 मई का पत्र मिला। धन्यवाद।

'दि कालेज' का जो स्वरूप अभी है, उसे उसी रूप में मैं छापने के पक्ष में नहीं हूँ।

इसे वापस भिजवा रहा हूँ। अपनी कोई अन्य रचना भिजवाइए।

सस्नेह,

कमलेश्वर
सम्पादक 'सारिका'

18-9-67

प्रिय भाई,

आपकी कहानी 'हरामी' हमारे यहाँ विचारार्थ रखी है। हमारा विचार है कि कहानी का शीर्षक 'हरामी' के स्थान पर 'हिन्दुस्तानी' कर दिया जाये तो कहानी का उद्देश्य अधिक स्पष्ट हो जायेगा। यदि आप यह परिवर्तन उचित समझें तो लौटती डाक से उत्तर दें ताकि तुरन्त निर्णय हो सके। आशा है सानन्द होंगे।

आपका,
अवधनारायण मुद्‌गल
'सारिका'

29-9-67

प्रिय भाई,

आपका 21 सितम्बर का पत्र मिला। कहानी का शीर्षक हमने बदल दिया है। दूसरी कहानी 'मेरे पिताजी' आपको वापस भिजवा दी गयी है।

सस्नेह,

कमलेश्वर
सम्पादक 'सारिका'

29-10-67

प्रिय भाई,

'नगोक् बाओ' शीर्षक आपकी कहानी श्री कमलेश्वर जी को अच्छी लगी किन्तु उनका आग्रह है कि आप कृपया अपनी दो-एक और भी कहानियाँ उनके विचारार्थ भिजवाइए, उसके बाद इस कहानी पर निर्णय लिया जायेगा।

कृपया आप अपनी पासपोर्ट साइज की तस्वीर तथा संक्षिप्त परिचय भी हमें शीघ्र भिवजा दीजिए।

धन्यवाद सहित—

आपका,
श्रीनाथ पाण्डेय
'सारिका'

30-10-67

प्रिय भाई,

आपका 25 अक्तूबर का पत्र मिला। आभारी हूँ। आपने लेखकीय नाम के भ्रम को दूर कर दिया, यह अच्छा हुआ।

आपका लेख मुझे एक नज़र से अच्छा इसलिए लगा कि उसमें बहुत-सी सही बातें कही गयी हैं लेकिन मेरी राय में आप यदि इस तरह के लेखन से थोड़ा विरत रहें तो अच्छा हो। आजकल रचनात्मक रूप से महत्त्वपूर्ण लिखने वाले हैं ही कितने।

शेष ठीक है।

सस्नेह,

कमलेश्वर
सम्पादक 'सारिका'

8-11-67

प्रिय भाई,

तुम्हारा 2 नवम्बर का पत्र मिला। यह अच्छा हुआ कि तुमने निबन्ध प्रकाशित करवाने का विचार स्थगित कर दिया है। मुझे खुद बराबर लगता रहा है कि तुम्हारे साथ कुछ ज्यादती होती रही है (मेरी ओर से नहीं)। शायद इसका कारण कुछ यह भी रहा है कि तुम चाहे या अनचाहे एक विशेष तरह के दायरे में आबद्ध रहे हो और उसी के नाते कभी-कभी तुम्हें कुछ प्रवृत्ति मूलक लेखन भी करना पड़ा है। हजार

खामियों के बावजूद नयी कहानी का सारा सिलसिला मूल्यों का सिलसिला था और उसमें बराबर यही कोशिश की गयी कि वैचारिक स्तर पर मसलों को सुलझाया जाये। कभी कुछ व्यक्तिगत या बाहरी मवाद उसमें आया, वह भी बहुत उचित नहीं था परन्तु इतने बड़े आन्दोलन के साथ यह सब कूड़ा करकट चला ही आता है। इसके बाद जो प्रतिक्रियात्मक आन्दोलन कुछ लोगों के विरुद्ध चले, उनके पीछे कोई वैचारिक पीठिका नहीं थी। मुझे खुद कभी-कभी आश्चर्य होता था कि तुम्हारे जैसा व्यक्ति इस दायरे में कैसे सिमट गया।

तुम्हारा संग्रह निश्चय ही और जल्दी ही आना चाहिए। कहीं बातचीत चल रही है ?

जो उपन्यास तुमने लिखा है, उसे पढ़ने के लिए ज़रूर भिजवा दो।

अपने और हालचाल लिखना।

सस्नेह,

कमलेश्वर
सम्पादक 'सारिका'

22-1-68

प्रिय भाई,

मैं एक महीने से बाहर था। आने पर पत्र मिले। अग्रिम पारिश्रमिक की व्यवस्था में अतिशय कठिनाई होगी।

आपकी कहानी अप्रैल अंक में दे रहा हूँ।

और क्या हाल हैं ? आशा है झंझटों से अब मुक्त हो गये होंगे।

सस्नेह,

कमलेश्वर
सम्पादक 'सारिका'

22-2-69

प्रिय भाई,

20 का पत्र अभी मिला।

'नगोक् बाओ' जून अंक में शेड्यूल है। इसी के साथ हिन्दी के अन्य दो लेखकों की कहानियाँ भी दे रहा हूँ जो विएतनाम पर ही हैं—तीन कहानियाँ एक सैक्शन के रूप में जा रही हैं—विशेषतः।

इस कहानी पर कनिष्क कात्यायन की जगह आपका नाम ही दे रहा हूँ। क्या इस कहानी का कोई और शीर्षक सुझाना चाहेंगे ?

कोई और कहानी भी भिजवाइए–ज़रा तगड़ी। लम्बी कहानियों वाले क्रम के लिए।

सस्नेह,

कमलेश्वर
सम्पादक 'सारिका'

26-4-69

प्रिय भाई,

तुम्हारी कहानी 'किरचें' (मूल शीर्षक 'नगोक् बाओ') सारिका के जून 69 अंक में प्रकाशित हो रही है। इधर तुम्हारी कुछ और रचनाएँ भी प्राप्त हुई थीं। मुझे खेद है कि मैं उन्हें सारिका के लिए रख नहीं पाया। एब्सर्ड उपन्यास आदि की बजाय यदि तुम 'हिन्दुस्तानी' और 'किरचें' जैसी रचनाएँ भेजोगे तो प्रकाशन में सुविधा रहेगी।

आशा है शीघ्र ही तुम्हारी कोई बढ़िया ताजा रचना पढ़ने को मिलेगी।

मजे में होंगे।

सस्नेह,

कमलेश्वर
सम्पादक 'सारिका'

5-5-70

प्रिय भाई,

'संचित भूख' बहुत अच्छी लगी, पर इसका पूर्वार्द्ध मुझे शिथिल लग रहा है, क्या इसे ज़रा चुस्त बनाने की इजाजत दोगे ? मेरे खयाल से तब यह और भी कस जायेगी। बताना।

तुम्हारा उत्तर मिलने के बाद ही कुछ करूँगा। यदि तुम स्वयं ही कर दो तो ज्यादा अच्छा है, मुझे शायद देर लग जाये।

उत्तर की प्रतीक्षा रहेगी।

सस्नेह,

कमलेश्वर
सम्पादक 'सारिका'

17-11-70

प्रिय भाई,

तुम्हारा खत बहुत पहले आ गया था, पर मैं बाहर चला गया था और बाद में बीमार हो गया था, इसलिए जल्दी जवाब नहीं दे पाया।

अभी भी फाइलें नहीं देख पाया हूँ इसलिए निश्चित रूप से तो नहीं लिख सकता, पर शायद तुम्हारी एक कहानी हमारे पास प्रकाशन के लिए रखी है इसीलिए 'संचित भूख' तुम्हें वापस भिजवा दी गयी होगी जिससे तुम उसका उपयोग कहीं अन्यत्र कर लो अन्यथा हमारे यहाँ प्रकाशन में काफी समय लग जायेगा, यही वजह रही होगी। वैसे मैं फाइलों को चेक करके निश्चित सूचना तुम्हें बाद में दूँगा।

आशा है, अब तुम्हारा स्वास्थ्य अच्छा होगा।

सस्नेह,

कमलेश्वर
सम्पादक 'सारिका'

9-2-71

प्रिय भाई,

आपका पत्र मिला। आभार।

'संचित भूख' के संबंध में अभी तो निश्चित रूप से कुछ कह पाना मुमकिन नहीं है। कहानी मुझे अच्छी लगी थी, इसीलिए मैंने सारिका के लिए इसे स्वीकृत किया था। अब इसे यों ही किसी भी अंक में छाप देना कोई अर्थ नहीं रखता। किसी निश्चित संदर्भ में, किसी विशिष्ट अंक की योजना के अंतर्गत प्रकाशित करने से इसका कोई मतलब भी होगा।

इसी बात को ध्यान में रखते हुए कहानी के प्रकाशन में विलंब होना आपको अखरना नहीं चाहिए। वैसे, यदि आप चाहते ही हैं तो संग्रह में देने के लिए उसे आपके पास वापस भिजवा सकता हूँ।

और क्या हाल-चाल हैं ?

सस्नेह,

कमलेश्वर
सम्पादक 'सारिका'

9-5-77

प्रिय भाई,

रमेश ने आपके पत्र का जिक्र मुझसे किया है।

यह खुशी का ही वायस है कि 'दीक्षा' और 'अवसर' बहुचर्चित रहे हैं। निःसंदेह आप जीवट का काम कर रहे हैं। हमारी बधाई भी स्वीकारें और शुभकामनाएँ भी।

ऐसा है कि संपूर्ण उपन्यास प्रकाशित कर पाना तो संभव नहीं हो पायेगा, लेकिन आप 'संघर्ष की ओर' अथवा 'युद्ध' के कुछ महत्त्वपूर्ण अंश पढ़ने के लिए अवश्य भिजवा दें। कम से कम इन्हें प्रकाशित होने से पूर्व पढ़ जाने का संतोष तो मिलेगा ही।

सपरिवार सानंद होंगे।

सस्नेह,

कमलेश्वर
सम्पादक 'सारिका'

8-5-78

प्रिय भाई,

आज एक बात देखकर दुःख हुआ कि 'सार्थक' के मार्च-अप्रैल 1978 अंक में 'शूर्पणखा' वाला अंश पहले से छपा हुआ है और आपने उसकी सूचना तक मुझे न दी।

'सारिका' का यह मेरा पहला अंक था और उसी में आपने यह बम मरवा दिया। चूँकि इस अंक में छपे अंश को मैं रोक नहीं सकता इसलिए मेरे ऊपर पड़ने वाली इस अप्रत्याशित मार के लिए आपको मुबारकबाद।

आपका,
कन्हैयालाल नन्दन
सम्पादक 'सारिका'

23-9-78

प्रिय भाई,

ऐसी चुप्पी साधी कि बस ! यह क्या बात हुई !

इसी बीच श्री जगदीश गुप्त आये थे। उन्होंने आपकी रामकथा सीरीज की चर्चा करते हुए शम्बूक की बात उठायी थी। चाहते थे तुम्हारा 'शम्बूक की हत्या' पढ़ना। दो रास्ते हैं या तो मैं अपनी प्रति उन्हें भेज दूँ और तुम्हारे शंबूक की अपनी लाइब्रेरी से हत्या बर्दाश्त करूँ या तुम उन्हें डा. जगदीश गुप्त, 1, नाग वासुकि, दारागंज, इलाहाबाद के पते पर एक प्रति शंबूक की हत्या भेज दो। जो मंजूर हो, फौरन लिख

दो।

सारिका को नया क्या भेज रहो हो ? प्रेम का पत्र पढ़ लिया है।

आपका/तुम्हारा
कन्हैयालाल नन्दन
सम्पादक 'सारिका'

9-11-79

प्रिय भाई नरेन्द्र,

'उनका दुख' पढ़ गया। बड़े दुख हैं संसार में। इस नये दुख को तुमने पकड़ा है खुदा तुम्हें सलामत रखे। 'सारिका' में छापने के लिए इसे रख रहा हूँ।

तुम इस बीच कोई गोष्ठी सुविधाजनक ढंग से संपन्न कर सको इसलिए कल शहर से बाहर जा रहा हूँ। मधुरिमा ने उस दिन जो बातें की थीं उससे मुझे लगा कि मुझे 17 तारीख को इसी शहर में रहना पड़ेगा और उनके कार्यक्रम में सम्मिलित भी होना पड़ेगा। मैं और अपनी ज्यादा फजीहत नहीं कराना चाहता इसलिए उनसे मेरी सिफारिश करो कि वे मुझे आमंत्रित करें। उन्होंने मुझे कई फोन करने का वादा किया था। उनके एक भी फोन का अब तक न आना मेरे लिए भी दुख का कारण है। आशा है 'उनके दुख' के साथ मेरा भी दुख पहचानोगे।

शुभकामनाओं के साथ

तुम्हारा,
कन्हैयालाल नन्दन
सम्पादक 'सारिका'

पुनश्च : अपने मन की विश्वप्रसिद्ध रचना 'मील का पत्थर' स्तंभ के लिए कब भेज रहे हो ?

27-4-80

प्रिय भाई,

त्रासदियों में से एक का उपयोग हो पाया। शेष सही सलामत वापस कर रहा हूँ।

आत्मरचना 'सारिका' के लिए नहीं बनी, क्योंकि इसमें पहलू विशेष है, जीवन की समग्रता को यह रचना नहीं समेटती। हमें दरकार थी ऐसी रचना की जो समूचे अनुभव काल को एक में समेट ले।

कभी-कभी मिलने की योजना का क्या हुआ ?

मुधरिमा जी को नमस्कार।

शुभकामनाओं के साथ।

कन्हैयालाल नन्दन

14-1-81

प्रिय भाई,

संस्मरण लिखने को पता नहीं बुढ़ौती का काम क्यों मान लिया जाता है आप धीमंतों द्वारा। अरे गरम गरम अनुभव भी तो होते हैं लिखने काबिल ! लिखो, सुख पाओ।

संस्मरण छोटा, ज़ोरदार और गठा हुआ चाहिए। अविस्मरणीय घटना जो पढ़ने वाले के लिए भी कुछ वैसी ही बन सके।

आशा है 'आदेश' साफ हो गया होगा। लंबा नहीं होना चाहिए। स्पष्ट आदेश !

मधु को नमस्कार। बच्चों को प्यार।

आपका,
कन्हैयालाल नन्दन
सम्पादक 'सारिका'

17-3-1981

प्रिय नरेन्द्र,

'प्रेमचंद की जन्म-शताब्दी' अब त्राहिमाम् कर रही है और मैं भी कुछ उसी कोटि में आ गया हूँ। बंगलौर की रपट इसीलिए वापस भेजने की माफी चाहता हूँ।

तुम्हारा बंगलौरी चौखटा रख लिया है। जब कभी कैंची और तुम्हें एक साथ देखने का मन होगा इस चित्र को देख लिया करूँगा और जब पाठकों को दिखाने का मन होगा तो इसे छाप दूँगा।

होली पर अतिरिक्त शुभकामनाएँ।

तुम्हारा,
कन्हैयालाल नन्दन
सम्पादक 'सारिका'

23-9-81

प्रिय भाई नरेन्द्र,

अपने इतने वर्षों के रचनाकाल में आपकी कलम से तमाम पात्रों का सृजन हुआ

है। उनके सृजन से कई बार संतोष या असंतोष भी मन में बना रह जाता है। तरह-तरह का व्यवहार आपकी कलम ने उन्हें दिया होगा। इन सब पात्रों के बीच कहीं एक ऐसा पात्र भी होता है जो लेखक को सबसे अधिक प्रिय होता है।

कई बार ऐसा भी होता है कि एक पात्र अपनी संपूर्णता में एक बार न उतरकर बार-बार कई रूपों में कई रचनाओं में सामने आता रहता है। ऐसा भी होता है कि उसकी रचना करके रचनाकार यह महसूस करता है कि अभी तक वह उस पात्र को वह आयाम नहीं दे पाया जिस रूप में उसने उसकी परिकल्पना की थी। हम चाहते हैं कि आप अपने उस प्रिय पात्र के बारे में सारिका के पाठकों को भी बतायें कि इस सबको लेकर उसके बारे में आप क्या सोचते हैं...बड़ी कृपा हो, यदि आप एक छोटी-सी टिप्पणी (लगभग 500 शब्द) हमें शीघ्र भेज दें।

प्रतीक्षा में,

आपका,
कन्हैयालाल नन्दन
सम्पादक 'सारिका'

प्रिय भाई,

सारिका का एक संस्मरण अंक जल्दी निकालने की योजना बना ली है। हमारी कोशिश है कि यह अंक संस्मरणों का एक ऐसा अनूठा संग्रह हो जिसे पढ़कर लोग जीवन जीने की नयी दृष्टि पा सकें और लंबे अरसे तक सहेज कर रख सकें और याद रख सकें। तुमसे फटाफट एक संस्मरण चाहिए।

कई बार अतीत के कुछ ऐसे क्षण जो न तो इतने अंतरंग ही होते हैं कि किसी को बाँटे ही न जा सकें और न ऐसे कि जिनसे हर कोई परिचित हो बल्कि एक मीठी या कड़वी याद की तरह वे हमेशा खुद से जुड़े रहते हैं और कागज पर उतरने से किसी न किसी कारण बच जाते हैं। कभी हम आप इन क्षणों के भोक्ता होते हैं और कभी सिर्फ द्रष्टा। ऐसे ही कुछ क्षणों को कलमबद्ध करके जल्दी से भेज दो। समय कम है। पहले पत्र की और फिर संस्मरण की प्रतीक्षा रहेगी। संस्मरण छोटा होगा तो उसका प्रभाव घनीभूत होगा और हमें छापने में भी सुविधा रहेगी। फिर जैसा मन बने।

नये वर्ष में इसी से खाता खोलो। शुभकामनाएँ।

तुम्हारा,
कन्हैयालाल नन्दन
सम्पादक 'सारिका'

31-1-68

प्रियवर,

पत्र मिला। आप चैक कैश करा लें। इस मद में आपको 25 रु. और भेज दिये जायेंगे।

लघु उपन्यास किसी दिन दिखा जाइए।

आपका,
मनोहर श्याम जोशी
सम्पादक 'साप्ताहिक हिन्दुस्तान'

5-4-68

प्रिय भाई,

आपकी इस कहानी का अन्त मुझे अतिशयोक्त प्रतीत हुआ।

मुझे खेद है कि सम्पादक नहीं, साधारण पाठक के रूप में मैंने आपकी यत्र तत्र प्रकाशित कहानियों के विषय में जो टिप्पणी की थी वह आप तक पहुँचा दी गयी। इससे आप को निश्चय ही बुरा लगा होगा। शर्मिन्दा हूँ।

आपका,
मनोहर श्याम जोशी
सम्पादक 'साप्ताहिक हिन्दुस्तान'

24-5-68

प्रिय भाई,

आपका लघु उपन्यास मैंने आज दफ्तर में पूरा पढ़ा। मुझे ऐसा महसूस हुआ कि बच्ची का लालन-पालन वाला हिस्सा बहुत ही सपाट और लम्बा हो गया है। इसके अतिरिक्त उपन्यास के अन्त में आपने कुछ आवश्यकता से अधिक अल्पोक्ति वाला मामला कर दिया है। इस उपन्यास की अपील ज्यादातर पारिवारिक किस्म के लोगों के लिए होगी और उन्हें आप का यह 'तटस्थ अंत' निराशाजनक प्रतीत होगा।

क्या आप इस कृति में कुछ संशोधन करना चाहेंगे।

आपका,
मनोहर श्याम जोशी
सम्पादक 'साप्ताहिक हिन्दुस्तान'

27-6-69

प्रिय भाई,

ये दोनों व्यंग्य लेख लौटा रहा हूँ।

आपका,
मनोहर श्याम जोशी
सम्पादक 'साप्ताहिक हिन्दुस्तान'

पु. : पहला मुझे अच्छा लगा मगर इसी प्रसंग में गिरिराज किशोर की एक कहानी भी छप चुकी है।

जोशी

14-7-69

प्रिय भाई,

आपका यह एब्सर्ड उपन्यास दिलचस्प है लेकिन हमारी पाठिकाओं को इससे सख्त एतराज होगा। अस्तु लौटा रहा हूँ।

आपका,
मनोहर श्याम जोशी
सम्पादक 'साप्ताहिक हिन्दुस्तान'

25-8-64

प्रिय भाई,

आपकी कहानियाँ मैं ध्यान से पढ़ता रहा हूँ (कहानी आदि में)। 'पिल्लू' भी अच्छी लगी, पर अभी इतनी स्वीकृत कहानियाँ हैं कि इसके प्रकाशन में अतिशय देर लग जायेगी। अतः वापस भिजवा रहा हूँ। कुछ एक महीनों बाद कोई रचना अवश्य भेजिए।

सस्नेह,

कमलेश्वर
सम्पादक, 'नई कहानियाँ'

21-2-67

प्रिय नरेन्द्र जी,

कृपापत्र मिला। नये बजट ने कुछ हाथ तंग कर दिया है। खेद है इस समय

पारिश्रमिक में वृद्धि करना संभव न होगा। अपने लेखन को पारिश्रमिक के आधार पर 'आँकने' का कष्ट न करें। जब भी संभव हुआ मैं स्वयं रकम बढ़ा दूँगा। कहानियों के बारे में शीघ्र ही लिखूँगा।

आशा है सकुशल होंगे।

आपका,
भीष्म साहनी
सम्पादक 'नई कहानियाँ'

2-12-69

प्रिय भाई,

आपका 9/11 का पत्र मिला। मुझे खेद है कि उत्तर देने में थोड़ा विलम्ब हुआ। आपकी लम्बी कहानी या जो नाम आपने उसको दिया है एब्सर्ड उपन्यास 'मुहल्ला' दीपावली विशेषांक में जाने वाला था, चित्रादि भी बन गये थे और पूरा कम्पोज़ भी हो गया था और अन्त समय तक मैं यही आशा लगाये रहा कि उसके लिए भी जगह निकल आयेगी। लेकिन वह चीज़ जरा लम्बी थी और अन्ततः रोकनी ही पड़ी। इसी दुविधा में आपको सूचना भी नहीं दी जा सकी। दिसम्बर अंक में आपने उसको देखा ही होगा।

आपकी रचनाओं का पारिश्रमिक शीघ्र ही आपकी सेवा में पहुँचेगा।

आशा है आप स्वस्थ और सानन्द हैं।

हंस प्रकाशन की प्रेमचंद संबंधी कौन सी पुस्तकें आपको चाहिए ? निश्चय ही आपको कुछ छूट दी जा सकेगी। लिखियेगा। आप चाहेंगे तो आपके पारिश्रमिक के हिसाब में ही उनको भेजा जा सकेगा।

आपका,
अमृत राय
सम्पादक 'नई कहानियाँ'

24-7-81

प्रिय भाई,

आपका पत्र मिला।

अभी 'अभिज्ञान' पर विचार करना मुश्किल है। पहले ही दो-तीन उपन्यास स्वीकृत हैं। उन्हें प्रकाशित होने में ही 9-10 महीने लग जायेंगे। आशा है, अन्यथा

नहीं लोगे और कोई बढ़िया-सी कहानी (सबूत के लिए) भेजोगे।

दिल्ली के सभी मित्रों को नमस्कार।

स्वस्थ, सानंद होंगे।

आपका,
योगेन्द्र कुमार लल्ला
रविवार

15-6-82

प्रिय भाई,

आपका पत्र मिला।

उपन्यास या नाटक के अंश छापना तो आजकल बंद किया हुआ है, पर पूरा नाटक धारावाहिक रूप से छापने पर विचार किया जा सकता है। आप तुरंत दोनों नाटक भेजने की कृपा करें। उनमें से एक चुन लेने की कोशिश करूँगा।

स्वस्थ, सानंद होंगे।

आपका,
योगेन्द्र कुमार लल्ला
रविवार

24-9-82

प्रिय भाई,

पत्र मिला। नाटक का मंचन कराने की कोई व्यवस्था कर लें और चित्र भेज दें। चित्र आते ही शिड्यूल कर दूँगा।

यदि मंचन शीघ्र नहीं हो पाया और इस बीच अवसर मिल गया, तो पहले भी छप सकता है, पर अधिक अच्छा चित्रों के साथ छापना ही रहेगा।

स्वस्थ, सानंद होंगे।

आपका,
योगेन्द्र कुमार लल्ला
रविवार

18-5-83

प्रिय भाई,

आपका पत्र मिला।

व्यंग्य की प्रतीक्षा है।

'हत्यारे' के संबंध में आपने सूचित किया था कि आप उसे मंचित कराकर संबंधित चित्र भेज देंगे।

एक बार मैंने बीच में याद दिलाया था, पर शायद आप भूल गये। मैं तो चित्रों की ही प्रतीक्षा करता रहा। इस संबंध में वस्तुस्थिति से अवगत करायें। वैसे मैं 28 मई की रात को कालका से दिल्ली पहुँच रहा हूँ और लगभग 18 जून तक वहाँ रहूँगा।

स्वस्थ, सानंद होंगे।

आपका,
योगेन्द्र कुमार लल्ला
रविवार

1-4-66

प्रियवर,

आपका पत्र मिला है। जीवन में बहुत कम अवसर आये हैं। जब अपने विश्वासों के प्रति दूसरों की अनास्था अनुभव करनी पड़ी हो। यह अवसर उनमें से एक है और आश्चर्य और क्लेश की भावना से अछूता नहीं रह सका हूँ।

पत्रिका में रचनाओं को छापना मेरा कर्तव्य है। वह मैंने निष्ठापूर्वक किया। तदुपरांत लेखक की चर्चा करना और साहित्य में उसे स्थापित करना दूसरों का कर्तव्य हो सकता है, हमारा कदापि नहीं है। इस प्रकार की अवसरवादिता में भाग लेना मैं अनुचित समझता हूँ।

मुझे खेद है कि आपको उतना यश नहीं मिला जितने के आप अधिकारी थे। यह अधिकांश मानवता की नियति होती है। इसके लिए नियंता को दोष देना चाहिए, निरीह और शुभाकांक्षी सम्पादक को नहीं।

हो सकता है कार्यालय की भूल से भविष्य में रचना के लिए प्रपत्र चले जायें। वह इतना महान् पाप शायद नहीं होगा। आप उनकी उपेक्षा करें और यदि संभव हो तो 'कहानी' के प्रति सद्‌भावना बनाये रखें। दोषी न 'कहानी' है, न उसका सम्पादक। दोष यदि है तो हमारी सामूहिक नियति का।

सस्नेह,

आपका,
श्रीपतराय
सम्पादक 'कहानी'

13-5-72

प्रिय नरेन्द्र,

मुझे अतीव खेद है कि तुम्हारे उपन्यास की टाइप प्रति मेरे पास बहुत समय से रखी हुई है और मैं उसके विषय में तुमको कुछ भी न लिख सका। मेरा शरीर ठीक नहीं था और काम अस्त-व्यस्त हो गया।

मैं इस उपन्यास को प्रकाशित करने की स्थिति में न था, न हूँ। मैंने आशा अवश्य की थी कि इसे पढ़ जाऊँगा और अपनी सम्मति लिख भेजूँगा। पर पढ़ना संभव न हो सका। क्षमा चाहता हूँ।

प्रति लौटा रहा हूँ।

आशा है प्रसन्न हो। दिल्ली में भी रहता हूँ। पता : आर-7, हौज खास, टेलीफोन 76861 है। जगह तुम्हारे यहाँ से बहुत दूर नहीं होगी। यदि कभी समय निकाल सको तो मिलकर प्रसन्नता होगी।

शुभाकांक्षी,

श्रीपतराय
सम्पादक 'कहानी'

12-7-74

प्रिय नरेन्द्र,

पत्र मिला। पांडुलिपि देख गया। अच्छी है। पर दुर्भाग्य यह है कि निकट अथवा सुदूर भविष्य में उसके प्रकाशन की कोई आशा मुझे दिखाई नहीं देती। मैं सभी स्वीकृत पांडुलिपियाँ वापस कर रहा हूँ। खेदपूर्वक तुमसे भी निवेदन है कि उसे वापस ले जाओ ताकि मैं एक और उत्तरदायित्व से मुक्त हो सकूँ।

तुम्हारी कहानी स्वीकृत करके प्रकाशनार्थ भेज दी है।

शुभैषी,
श्रीपतराय
सम्पादक 'कहानी'

8-5-80

प्रिय नरेन्द्र,

फौरन रचना भेजने के लिए फौरन धन्यवाद। इसे फौरन वापस कर रहा हूँ क्योंकि मुझे डर है कि इसे फौरन छापा तो मेरा साप्ताहिक फौरन बंद हो जायेगा। भैया, चार दिन देर से भेजना, अपुन को चलेगा। मगर शुरू के अंकों में तुम्हारी

आत्मकथा का टेबल कुर्सी प्रसंग छाप मैं अपने पाठकों को कैसे संतुष्ट करूँगा। वे भी तुमसे अपेक्षा करते हैं—मैं भी।

बहुत-बहुत प्यार और जोरदार रचना का इंतजार।

तुम्हारा,
शरद ज़ोशी

16-10-82

प्रिय नरेन्द्र जी,

शायद आपको मालूम हो गया होगा कि मैंने 'पराग' के सम्पादन का कार्यभार सम्भाल लिया है। इसमें आपकी सक्रिय मदद की सख्त जरूरत है। यों तो आप 'पराग' के लेखक हैं ही, फिर भी किसी समय आपसे भेंट हो सके, तो कुछ विस्तार से बातचीत करना चाहूँगा। जल्दी ही, जब भी समय हो, सूचित करें और आयें। इसी बहाने आपसे मुलाकात भी हो जायेगी। मैं चाहता हूँ 'पराग' में नियमित रूप से पौराणिक कहानी (आज की नजर से) शीर्षक से आपकी कहानी जाये।

शीघ्र मिलने की प्रतीक्षा में, सस्नेह।

आपका,
सर्वेश्वर दयाल सक्सेना
सम्पादक 'पराग'

1-10-78

प्रिय भाई,

'पंचवटी' शीर्षक से 'संघर्ष की ओर' उपन्यास का जो अंश भेजा था, उसका उपयोग करना चाहता हूँ। लिखना उपन्यास प्रकाशित हुआ है या नहीं ? तत्काल लिखना, क्योंकि सामग्री प्रेस में दे दी है।

और फिर खत मिलेगा तब लिखूँगा।

विनीत,
भवानी प्रसाद मिश्र

31-3-76

प्रिय भाई कोहली जी,

कृपया हमारे संकलन के लिए अपने उपन्यास 'दीक्षा' पर एक संस्मरणात्मक

लेख लिख भेजें। हम इसे संकलन में शामिल करना चाहते हैं।

एक अनुरोध है। चूँकि संकलन लगभग सारा का सारा मुद्रित हो चुका है, अपना लेख कुछ ही दिन में भेजने की कृपा करें ताकि प्रेस का काम रुक नहीं पाए। यदि हफ्ते भर में भेज दें तो आभार मानूँगा। लेख 2500-3000 शब्द तक का हो तो सुविधा रहेगी।

साथ में अपना BIO-DATA भी लिख भेजें।

आशा है सपरिवार कुशल से होंगे।

सस्नेह,

भीष्म साहनी

28-3-77

प्रिय भाई नरेन्द्र कोहली जी,

कृपापत्र मिला। शर्मिन्दा हूँ कि पुस्तक की प्रति अभी तक आपको नहीं मिली और इसके विपरीत ऐसा पत्र आपको भेज दिया गया है, जो हम पुस्तक बेच पाने के उद्देश्य से इधर-उधर भेज रहे हैं। कसूर मेरा है भी और नहीं भी। कालिज की को-आपरेटिव सोसाइटी को लेखकों की सूची और यह परिपत्र दिया था। खेद है अभी तक पुस्तक नहीं भेजी गयी। दर्याफ्त कर रहा हूँ। कुछ दिन पहले माधुरी जी से कहा था। अब दस्ती उनके हाथ आपके लिए प्रति भेज दूँगा। पर विलम्ब हो गया है। अन्य लेखक बन्धुओं को भी प्रतियाँ नहीं मिलीं।

सस्नेह,

भीष्म साहनी

8-10-79

प्रिय भाई नरेन्द्र जी,

आगामी शनिवार 13 अक्तूबर को सायं 5.30 बजे विट्ठलभाई पटेल हाउस में 'युगप्रभात' शीर्षक काव्य संग्रह का विमोचन होगा । इस संकलन में सभी भारतीय भाषाओं की क्रांति सम्बन्धी कविताएँ संगृहीत हैं और इसका सम्पादन श्री सुदर्शन सोबती ने किया है।

पधार कर कृतार्थ करें।

सस्नेह,

भीष्म साहनी

पु. : प्रकाश जी की ओर से मुद्दत से समाचार नहीं मिला। आशा है आपसे सम्पर्क रहता होगा और स्थिति अनुकूल होगी।

भीष्म

सम्मान

26-1-70

प्रिय कोहली जी,

आपके हास्य-व्यंग्य के लेख मैं नियमित रूप से हिन्दुस्तान साप्ताहिक तथा धर्मयुग में पढ़ता रहा हूँ। जो आनन्द के क्षण आपके लेखों से प्राप्त हुए उनके लिए मैं आपका आभारी हूँ। मेरा यह पत्र आपको एक कष्ट देने के लिए है। आपका एक लेख कुछ महीने पहले नामकरण के सिलसिले में पढ़ा था। दुर्भाग्यवश वह लेख मेरे संग्रह में से खो गया है। मैं आपका बड़ा आभारी होऊँगा यदि आप उसकी एक प्रति मुझे भेज दें। यदि इसमें कुछ खर्चा हो तो निःसंकोच मुझे लिख दें, मैं सहर्ष भेज दूँगा।

मुझे आपका परिचय जानने की बड़ी उत्सुकता है। कृपया आप लिखें कि लेखन ही आपका उपार्जन का साधन है अथवा रवीन्द्र नाथ त्यागी जी की तरह केवल शौकिया ही पाठकों को व्यंग्य वाणों से घायल करते हैं। आपका यदि कोई संग्रह प्रकाशित हुआ हो तो नाम और प्रकाशक का पता लिखने की कृपा करें।

सधन्यवाद।

भवदीय,
राजेन्द्र कुमार पंत (बरेली)

5-2-70

प्रिय कोहली जी,

आपका 28-1-70 का पत्र व 'नाम चर्चा' लेख की प्रतिलिपि मिली। मेरे लिए जो कष्ट आपने उठाया उसके लिए हार्दिक धन्यवाद।

आपका पत्र पाकर अपनी महत्ता जताने के लिए मैंने पत्नी से कहा—'देखा। मैंने पत्र लिखते समय ही कहा था न कि कोहली जी अवश्य पत्र व लेख की प्रतिलिपि भेजेंगे। सो देखो, दोनों चीजें आ गयीं। अपनी तो जिह्वा पर उस समय सरस्वती का वास था—जो कह दिया सो हो गया।'

उत्तर में पत्नी ने जार-जार रोना शुरू कर दिया—कहने लगीं, 'अगर तुम्हें सरस्वती जी के वास का पता था तो कोहली जी को पत्र क्यों लिखा, एक लाख की लाटरी क्यों नहीं माँगी ?' मैंने उसे समझाया कि 'इतने बड़े हिन्दी साहित्यकार के पत्र का मूल्य भी मेरी दृष्टि में एक लाख से कम नहीं है।'

तब से वह कई बार निहोरे कर चुकी है कि चिट्ठी बेच लो। अब अपनी हालत उस मनुष्य की सी है जिसकी पत्नी श्रीमती सुदामा की तरह ही लोभग्रस्त हो परन्तु कोई श्रीकृष्ण दृष्टि-परिधि में न हो।

आपने दो आलोचनात्मक पुस्तकें लिखी हैं परन्तु मुझे शायद उनमें रुचि न हो,

ऐसा आपने अनुमान किया है—जो सही है। बहुत पहले डेल कारनेगी की किताब में पढ़ा था कि 'आलोचना न करो।' गुरुमंत्र समझ के इसे आत्मसात किया और आलोचना संबंधी सभी चीजों से दूर ही दूर रहा। पर मेरे मित्रों व हितैषियों ने यही पुस्तक नहीं पढ़ी और समय असमय मेरी इतनी आलोचना की, कि मेरा आलोचना रक्षात्मक पक्ष ही विकसित हो पाया। अब एक ढाल चलाने वाले ने तलवारबाजी की पुस्तकों में रुचि न ली हो तो वह दोषी तो है—पर शायद क्षमायोग्य है। भविष्य में यदि आप 'आलोचकों से रक्षा के उपाय' पर शोधग्रंथ लिखें तो मैं अवश्य पढ़ूँगा और रुचि से पढ़ूँगा।

आपकी कहानी संग्रह 'परिणति' के लिए मैंने प्रकाशक को आज ही लिखा है। कृपया अपनी हास्य व्यंग्य संग्रह के प्रकाशन की सूचना अवश्य दें।

सधन्यवाद।

आपका,

राजेन्द्र कुमार पंत (बरेली)

20-2-70

प्रिय कोहली जी,

बार-बार परेशान करने की माफी चाहूँगा। आपके आज्ञानुसार अपने 5-2-70 के पत्र में वर्णित दुर्घटना का मैंने थोड़ा विस्तार से हाल एक लेख में लिखा है। मेरी निज की रचना है इसलिए प्रिय भी है पर कुछ यह भी दिल में कचोटन है कि इस लेख को पढ़ने के बाद वह मानसिक संतोष नहीं होता जो अच्छे लेखकों की रचना पढ़ने के बाद होता है। इसलिए यह लेख मेरे लिए वास्तविक अर्थों में 'प्यारूमल सताऊमल' हो गया है।

आप ही को गुरु मानकर मैंने यह प्रथम प्रयास किया है इसलिए शुद्धिकरण के लिए आप ही को कष्ट दे रहा हूँ। कृपया मेरी कमियों से मुझे अवगत कराएँ। लेखन के मूलभूत प्राथमिक सिद्धांतों के बारे में मुझे कुछ न कुछ अवश्य शिक्षा दें, ऐसी मेरी प्रार्थना है।

कष्ट देने के लिए बार-बार क्षमाप्रार्थी हूँ।

उत्तराकांक्षी,

राजेन्द्र कुमार पंत (बरेली)

8-3-70

My dear Kohli Ji,

Many thanks for your letter of recent date. After quite a little delay, I could read your beautiful book 'परिणति' The publishers took their time in deciding whether or not a copy should be spared for a low-class reader, specially when it was well-known that the book was of a high quality. As soon as I opened the parcel, a friend abducted the book without any show of formality. It had a whole round, in my friends circle, before I could read it.

I must congratulate you for writing such a fine collection of really enjoyable stories. I had virtually given up reading stories after having been tortured by a variety of psychotics, malingering as story-writers. Your book was like a gust of fresh breeze, fragrant with breezy style, easy flow and deftly sprinkled original wit.

In your preface you have mentioned that one group of your fans could not swallow another type of story. Frankly, I would have been disappointed if you were a typed writer, rattling out only a goody goody type of stories. I think the point is worth appreciation rather than condemnation, that there is an artist who can paint on such a wide canvas.

Incidentally the first story to come my way was 'नमक का कैदी' Since I happen to be a physician-a very pedestrian one, and inspite of my pleading not guilty, some people prefer to accuse me of knowing cardiology also-the picture presented by you was much too familiar to me. I virtually dissected the story to find a few flaws at least. But kudos to your photographic eye and the reflexes of a trained psychologist. The irritations and frustations, the alternate entreaties and anger-the various tricks, the heart patients employ, when salt-import is totally banned, were beautifully spun into a first class story. And the last piece was as stroke of genius, which only you could have given. With your permission, may I feel a little envious of your brilliance-you see, I never do a thing without proper permission.

The second story I read was सार्थकता. I have read quite a few stories by sex-neurotics, purporting to be bold. To my mind they were pornographers who having failed there, came to agonise us readers in serious literature. In contrast, your story was most delightful, made spicy with your inimitable quips and witticisms. That one about Mrs, Kalra's fourth child could be the envy of any top class writer of wit and humour, however, autobiographical writing is comparatively easy for any one with good command of language but after सार्थकता writing शटल beautifully describing the feelings of an old married couple only shows how closely you must have watched life before putting the pen on the paper. To have spun such a fine story round such a common place neglecte aspect of life requires all the skill of a master craftsman. How you choose your subject matter out of trivial things of life is really very eye-opening and the best part of your writing style is that there were no superfluous words, paras, or pages. You have not tried to pose as a pseudo-psychologist as most of the present day writers do, making themselves absolutely ridiculous in the process.

My letter is getting a little too lengthy. So I must stop here. Please do not bother to reply, as your time is precious and I have already overtaxed your patience, repeatedly.

With regards

Yours admiringly,
(R. K. Pant)
MBBS, Bareilly

24-3-70

प्रिय कोहली जी,

आपका 12-2-70 का कृपापत्र मिला—अनेक धन्यवाद। यह मेरे लिए सौभाग्य की बात है कि अपनी पुस्तक के संबंध में मेरे तुच्छ विचारों को आपने पसंद किया। यदि अन्य लेखक भी इस बात का ध्यान रखें कि पुस्तक का अंतिम गंतव्य स्थान साधारण पाठक ही है, न कि किराये के समीक्षक—तो शायद हिंदी साहित्य का उद्धार शुरू हो जाये।

आपने अपने 28-2-70 के पत्र में मुझे कुछ सुझाव दिये थे और मुझे अपना निबंध प्रकाशन के लिए भेजने को कहा था। निबंध के संबंध में, मैं अपनी और अपने इष्ट मित्रों की प्रतिक्रिया क्रमबद्ध अंकित कर रहा हूँ—इसके बाद भी प्रकाशनार्थ भेजूँ कि नहीं—लिखिए।

प्रतिक्रिया नं. 1: श्री नरेन्द्र कोहली—कृपया मेरा नाम निबंध से काट दें।

2. श्रीमती पंत—निबंध के प्रकाशन की खबर सुनते ही आग बबूला हो गयीं—कहती हैं—'खबरदार ! जो ये घरेलू बातें अखबार में छपवाईं। यह घर है कि सराय।' असल में उनके अंतर्मन में डर है कि अगर मेरी लेखनी चल पड़ी तो अगले निबंध में, मैं मैटनी शो और मार्निंग शो की नकल करते हुए अपने वार्षिकोत्सव का विवरण न प्रकाशित करा दूँ। आखिर अपने पति की कमियों की प्रदर्शनी तो किसी

नारी को पसंद नहीं।

3. एक शायर दोस्त—हमारे एक उर्दू के शायर दोस्त हैं। बहुत दिनों से सुनने की वेदना सहता चला आ रहा हूँ, सोचा आज सुनाऊँ। भूमिका में मैंने कहा कि—'किब्ला। मेरी हिम्मत अफ़ज़ाई जनाब कोहली साहब ने बक़लम खुद की है।' उन्होंने आगे मौका ही नहीं दिया—फौरन तरन्नुम में एक उर्दू शेर सुनाया जिसका भावार्थ था कि मूर्ख अपनी प्रशंसा स्वयं करते हैं और विद्वान् लोग भी उन्हीं की तारीफ करते हैं।

4. एक वरिष्ठ साहित्यकार—हमारे बरेली में भी साहित्यकार हैं। यह समाचार सुनकर कि मैं भी लेखन कार्य प्रारंभ करने ही वाला हूँ एक स्थानीय वरिष्ठ साहित्यकार ने गंभीर होकर चिंता व्यक्त की—'अब यदि डा. पंत जैसे भी लिखने लग गये, तो शायद कुछ ही दिनों में कुत्ते भी लिखने लगेंगे।' मैंने बिल्कुल बुरा नहीं माना। आजकल मैं केवल नयी गालियों का ही बुरा मानता हूँ।

5. जीव जंतु—बरेली में काफी जीव जंतु हैं और समझदार भी हैं। सुनते हैं कि दूसरे ही दिन उन वरिष्ठ साहित्यकार को एक कुत्ते ने काट लिया। वह इसके लिए मुझे दोषी समझते हैं और इधर मेरे विरोधियों ने अफवाह उड़ा दी है कि कुत्ते तक इस अपमानजनक तुलना को नापसंद करते हैं।

6. व्यक्तिगत प्रतिक्रिया—प्रथम तो यह निबंध ही बड़ा बचकाना प्रयास मालूम होता है और यदि गलती से यह प्रकाशित भी हो जाये तो दूसरी रचना ? लेखन कार्य के लिए मौलिक सूझ-बूझ नितांत आवश्यक है। बीस साल पत्नी के अधीन कार्य करने के बाद किसी भी सज्जन पुरुष से स्वतंत्र चिंतन की अपेक्षा करना ज़रा ज्यादती है (साभार 'शटिल')।

आपका दूसरा प्रश्न अंग्रेजी में पत्र लिखने का कारण जानने की जिज्ञासा संबंधी था। मुझे इस प्रश्न में विवाद-विस्फोट की गंध आ रही है जवाब नहीं दूँगा। शिरोच्छेदन का अभयदान मिलने पर फिर कभी भविष्य में।

इन दिनों मैंने परसाई, शरद जोशी, जयंत मेहता, कन्हैयालाल कपूर प्रभाकर, केशवचंद्र, गगन बिहारी (गुजराती), विरुपाक्ष, कौटिल्य उदयानी और उर्दू की लेखिका सलमा सिद्दीकी का धर्मयुग में हास्य विनोद का लेख पढ़ा। अब लोगों ने कुछ ज्यादती शुरू कर दी है। हफ्ते में दो-तीन लेख निकालने की धुन में लेखन-शिल्प की हत्या करने में लोग चूकते नहीं। ज्यादा नहीं कहूँगा, अधिकारी नहीं हूँ।

आपकी नयी पुस्तक कब आ रही है ? दोनों आँखें प्रतीक्षा में मार्ग पर बिछा दी हैं—इस कारण देखने में बड़ा कष्ट होता है। कृपया जल्दी प्रकाशित कराएँ।

शेष कुशल—

भवदीय,

राजेन्द्र कुमार पंत (बरेली)

20-5-70

My dear Kohli Sahab,

Many thanks for your letter of 15.5.70. I had already read the review your book and I was surprised at the cheek of the reviewer in writing the review without reading the book. He probably read परिणति superficially, turned a few pages of शटल a few pages of सार्थकता and in half an hour the review was ready. Note that to him शटल appeared as a story depicting father son relationship this he must have concluded by glancing over the dialogue between the son and the father. He had nothing to say about your literary style, nothing about the subject matter of various stories, nothing about your treatment of the subject or about your sprinkling of witticisms here and there. It is really a sad commentary on the state of affairs prevalent in your Hindi literary world. I had already prepared a letter to the editor and it will be sent soon.

I guess from your letter that probably you are depressed by this review. May be, you may be feeling that you did not get that fairplay and justice which you expected from a reviewer. Personally I feel that nothing saps away the enthusiasm and confidence of a man as does an unwarranted criticism. But please remember that nobody kicks a dead dog. If you a non entity nobody will give you a second look. Only when you begin to rise above the crowd, you begin to draw the attention and wrath of mediocres. Once they begin to feel that you are rising a little too fast, you are subjected to malacious criticism. To me, criticism is one tribute that all lesser minds pay to bigger people. Personally I had anough of it in my life and I never give my enemies the satisfaction of having control over my happiness, my emotions, or my blood-pressure. Unashamedly I declare--'Gentlemen, if you are free to criticise, I am equally free to be indifferent'. Secondly, I always ask myself whether the other one is really competent enough to be my judge. If my memory serves me right this blighter Ram Darash wrote an absolutely third rate collection of stories, which I read a few months back. Well Sir, all unsuccessful authors are automatically priviledged to become literary criticism. And why should they not feel jealous of a gifted & successful writer ? I would, if I were one.

So dear Sir, you are drawing attention, you are being criticised and maligned what more proof do you need that you are really attaining success ? This is something to rejoice and celebrate rather then to feel depressed about.

If I am permitted a little liberty, may I ask you a question--why did you throw your book to wolves without ensuring for it a favourable reception ? I think, no review is always better than a bad review. In my younger days I used to play violin on the AIR and in the beginning I always saw to it that the performance was followed by letters of appreciation by listeners and correct entry by the monitoring officer. I am not trying to be very wise but let it be a lesson for your next book whose delivery date is approaching fast.

Well Sir, these very heartburns of the world of letters made me put on philosophical airs and resolve most piously that a gentleman is one who knows writing but does'nt.

With regards,

Yours sincerely,
R. K. Pant, MBBS.
Bareilly.

2-10-70

प्रिय कोहली जी,

आपका 29-9-70 का कृपापत्र मिला। आपकी बीमारी की बात सुनकर दुख हुआ। लेकिन आजकल के दिनों में लंबी अस्वस्थता। सभी रोगों के अच्छे और शीघ्र फलदायक उपचार उपलब्ध हैं। कृपया लिखें कि क्या रोग था।

आपने मेरे अंतिम पत्र का उत्तर 29-5-70 को जमशेदपुर से दे दिया था। बाद में मैंने ही पत्रोत्तर नहीं दिया था, यह सोचकर कि मैं व्यर्थ ही अपने अनर्गल पत्रों से आपका समय नष्ट कर रहा हूँ। सज्जनों को सताने की भी कहीं तो सीमा निर्धारित करनी ही पड़ती है।

मैंने उन्हीं दिनों एक विरोध-पत्र....की समीक्षा के सिलसिले में 'धर्मयुग' में प्रकाशनार्थ भेजा था, पर मुझे सन्देह है कि पत्र में गालियों की मात्रा शायद ज्यादा बढ़ गयी और भारती जी ने भविष्य में अपने व्यक्तिगत प्रयोग के लिए पत्र सँभालकर रख लिया। चलिए, उन्हीं को दिया, कोई शिकायत नहीं। वैसे एक प्रकार से अच्छा ही हुआ। आज से 45-46 साल पहले हमारे स्वर्गीय पिताजी ने 'भ्रमर' नामक पत्रिका में, एक मास्टर होते थे एस. एन. वर्मा—उनको जी भर कर चार पेज में गालियाँ दीं। इधर भ्रमर का अंक प्रकाशित हुआ उधर लोगों ने बहुचर्चित नाम समझ, उसे नगर कांग्रेस का अध्यक्ष बना दिया। वर्मा जी भ्रमर का अंक लेकर पं. गोविन्द वल्लभ पंत—मुख्यमंत्री के पास पहुँचे (शायद शिकायत के लिए)। पंत जी जल्दी में थे, उन्होंने लेख तो पढ़ा नहीं, पर हमारे पिताजी से परिचित होने के कारण सोचा कि, हो

न हो, जब प्रोफेसर पंत जी तक इसकी समीक्षा में चार पेज लिखते हैं, तो आदमी काबिल होगा। वक्त आने पर उन्होंने उसे शिक्षा मंत्री बनाया। कुछ दिनों बाद, मुझे शक है, देखिए पक्की बात नहीं—कि वह भ्रमर का अंक पं. जवाहरलाल नेहरू ने भी लौट पौट के देखा और ज्यों ही मौका पाया, उसे उत्तर प्रदेश का मुख्यमंत्री बना दिया। बाद में उन सज्जन ने अपना नाम मास्टर एस. एन. वर्मा से बदलकर डा. सम्पूर्णानन्द कर लिया था। 'धर्मयुग' को पत्र भेजने के बाद मुझे यह बात याद आयी। बड़ी चिन्ता रही कि कहीं पूजनीय पिताजी के ब्रह्मतेज का एक अंश भी उनके इस नालायक पुत्र में आ गया होगा, तो गाली खाते ही यह जरूर मिनिस्टर हो जायेगा। यह सदमा दरअसल बर्दाश्त से बाहर होता। पर कोई बात नहीं—सज्जनों की रक्षा तो स्वयं ईश्वर करता है। गया साला मिनिस्टरशिप से।

लेकिन फिर आपकी बीमारी की बात दिमाग में चक्कर काट रही है। मुझे अफसोस है कि मैं आपसे इतनी दूर रहता हूँ कि आपके किसी काम नहीं आ सकता। फिर भी आपके स्वास्थ्य लाभ के लिए प्रार्थना तो कर ही सकता हूँ।

आपका,
राजेन्द्र कुमार पंत (बरेली)

1-2-71

प्रिय कोहली जी,

आपका 6-1-71 का कृपापत्र और कुछ दिन बाद 'लाल तिकोन' की एक प्रति मिली। किन शब्दों में धन्यवाद दूँ। 'लाल तिकोन' बहुत ही सुन्दर पुस्तक निकली। यदि मैं भक्तिकालीन कवि-समीक्षक होता तो पुस्तक की प्रशंसा में शुरू करता—'अबसि देखिए देखन जोगू।' और हस्ताक्षर से पहले लिखा होता, 'पढ़त रहयो पोथी दिन राती, देखि देखि सीतल भई छाती।'

यदि मैं रीतिकालीन साहित्यकार होता, तो इतना प्रसन्न होता कि पुस्तक को सुन्दरता के मापदंड की इकाई मानकर, प्रिया के अंग-प्रत्यंग का नाप लेने बैठ जाता। आड़ में खड़े शिष्य को चिल्लाकर लिखवाता—'लिखो! वक्ष—तीन लाल तिकोन। कटि—आधा लाल तिकोन। नितंब—पाँच लाल तिकोन।' ज़ाहिर है कि इस तरह की नाप जोख ज्यादा देर चलती नहीं।

सबसे अधिक सुविधा साठोत्तरी पीढ़ी का प्रतिनिधि समीक्षक होने पर थी। बिना पुस्तक पढ़े, समीक्षा की टकसाली भाषा में लिखता—'व्यंग्य विधा में रचित निबंधों का यह एक साफ सुथरा संकलन है। निश्चय ही इन निबंधों में हर स्तर पर भोगे हुए यथार्थ का सजीव एवं सशक्त चित्रण हुआ है। जैसा कि विद्वान् लेखक ने भूमिका में

लिखा है किसी भीतरी यातना से ऐंठते हुए अत्यंत पीड़ा की अवस्था में इन रचनाओं का सृजन हुआ है। इस संकलन में 27 कहानियाँ हैं जो वैसे तो विभिन्न भाव-भूमियों पर लिखी गयी हैं, फिर भी सभी में समाज में चारों तरफ व्याप्त कुंठा एवं संत्रास का रूप व्यंग्य की विधा से उभर कर सामने आया है। हास्य-व्यंग्य का एक कार्य जटिल जीवन-दर्शन को सरल अभिव्यक्ति देकर सहजग्राह्य बनाना है। कोहली जी ने इस दिशा में अपना दायित्व, पूर्ण रूप से निभाया है। कुल मिलाकर, इस संग्रह को एक उपलब्धि माना जायेगा।'

परन्तु दुर्भाग्य से इस पत्र का लेखक एक फटीचर किस्म का पाठक है, जो सिर्फ दाँत निपोर कर इतना ही कह सकता है कि–'कोहली साहब ! लिखने में जवाब नहीं है आपका।'

स्वदेशी आंदोलन के दिनों की एक तस्वीर मेरे पास थी। विदेशी माल की दुकान पर कुछ लोग धरना देकर ग्राहकों को अंदर जाने से रोक रहे थे। दुकानदार बड़े क्रोध और खीझ से सत्याग्रहियों को देख रहा था।

मेरा खयाल है कुछ वैसा ही खीझ और क्रोध का भाव, मुझे औरतों के चेहरे पर लाल त्रिकोण को देखकर, उत्पन्न होता दीखता है और न्याय की बात यह है कि ग्राहकों को माल खरीदने से रोकने वाले के ऊपर क्रोध आना स्वाभाविक ही है। मुझे भय है कि आपने पुस्तक के मुख-पृष्ठ पर लाल त्रिकोण का जिकर करके नारी-पाठिकाओं की सहानुभूति कम कर दी।

एक लेखक ने कहा था कि लेख की विषयवस्तु लेखक की पसंद की और शीर्षक पाठकों की पसंद का होना चाहिए। इसी सिद्धान्त के अनुसार मेरा सुझाव है कि आप अपनी अगली पुस्तक चाहे कहानियों की लिखें, या हास्य-व्यंग्य की या समीक्षा साहित्य की, पर नाम 'बहुजन हिताय, बहुजन सुखाय' रखिएगा। कुछ नाम मेरी नज़र में हैं–सेवार्थ प्रस्तुत हैं–'केवल लड़के ही लड़के कैसे पैदा करें ?' 'घर बैठे मनचाही संतान', 'सघन खेती के अभिनव प्रयोग', 'साल में तीन पुत्र प्राप्ति के उपाय', 'विवाहित रहकर भी पुत्र कैसे उत्पन्न करें।' आदि। इन शीर्षकों के साथ प्रथम संस्करण एक करोड़ प्रतियों का ही ठीक रहेगा। दीखता है आपकी कुंडली में महालक्ष्मी योग प्रबल है।

आशा है आप स्वस्थ एवं प्रसन्न होंगे।

विनीत,

राजेन्द्र कुमार पंत (बरेली)

पुनश्च–आजकल पत्रिकाओं में रचना भेजना आपने एकदम बंद कर रखा है।

कुछ हम दीन पाठकों से गलती हो गयी क्या ?

रा. कु. प.

8-10-71

प्रिय कोहली जी,

यह भी ज्यादती की हद है कि आपने इतने लम्बे अरसे से लिखना ही छोड़ दिया। इस इलाके के लोगों का खयाल है कि मेरे लंबे-लंबे पत्रों से बोर होकर ही आपने यह कदम उठाया। लोग मिसाल देते हैं कि एक लेखक चन्द्रधर शर्मा गुलेरी हुआ करते थे—उनके पीछे भी एक बोर चिपक गया—बेचारे बहुत कम लिख पाये। एक और कवि का भी लोग जिक्र कर रहे थे। उन्होंने बोरों से छुटकारा पाने के लिए तम्बाकू की दुकान खोल ली थी, जहाँ किसी ने बोर किया और उन्होंने दुगुने भाव पर एक किलो तम्बाकू पकड़ा दिया। मैंने लाख आपके प्रशंसकों को समझाने की कोशिश की कि शायद कोहली साहब डाक्टरेट की थीसिस लिख रहे हों, या फिर अमर साहित्य के किसी वृहत् ग्रंथ में व्यस्त हों पर कोई मानता ही नहीं। कृपया मेरे उद्धार के हेतु ही सही, तुरंत एक रचना छपवाने की कृपा करें।

मेरी साली ने रिपोर्ट की है किन्हीं एक कोहली साहब ने टेलीविज़न पर बड़े मजेदार किस्से सुनाये। पर वह यह नहीं पहचान पायी कि बोलने वाला एडमिरल कोहली था, या पद्मा कोहली थीं, या सुरेश कोहली था या नरेन्द्र कोहली थे। कृपया लिखें कि यह कौन सज्जन थे।

आशा है आप स्वस्थ होंगे।

भवदीय,

राजेन्द्र कुमार पंत (बरेली)

25-10-71

प्रिय कोहली जी,

आपका दिनांक 9 अक्तूबर का कृपापत्र मिला। धन्यवाद। यह जानकर बड़ी प्रसन्नता हुई कि आपने लिखना छोड़ा नहीं है, बल्कि हम लोग ही गलत पत्रिकाओं में सही चीज ढूँढ़ रहे थे। ईश्वर करे कि आप जुग-जुग लिखते रहें और हम कभी पाठकीय सेवा से निवृत्त न हों। 'नई कहानियाँ' में आपका 'सापेक्ष दर्शन' पढ़ा। माधुरी को छोड़कर अन्य पत्रिकाएँ यहाँ प्राप्य नहीं हैं।

दिल्ली के तनावपूर्ण जीवन, घर गृहस्थी की खींचतान, अध्यापन का बोझ और मित्रों तथा प्रशंसकों के व्यर्थ समय नष्ट करने के बावजूद इस थोड़े समय में आप

थीसिस तथा इतना साहित्य लिख पाये—यह वास्तव में प्रशंसनीय है।

आपकी पुस्तक 'पाँच एब्सर्ड उपन्यास' प्रकाशित हो रही है। प्रकाशक से मेरी सिफारिश कुछ इस तरह से कर दीजिए—'भैयाजी ! यह शख्स मुझे बड़े एब्सर्ड पत्र लिखता है। आदमी भी एब्सर्ड मालूम होता है, यह पुस्तक तो समझ ही लेगा। आपका मन न हो, तो पूरी किताब न भेजिए, पर 10-20 पन्ने तो वी. पी. से भेज ही दीजिए।

आप डाक्टर हो गये और हमें सूचना भी न दी ! वैसे आप इन छोटी चीज़ों को उपलब्धि नहीं मानते यह आप पहले भी एक पत्र में लिख चुके हैं। इसलिए यदि आज्ञा हो, तो मैं बधाइयाँ प्रस्तुत करूँ, अन्यथा मेरी मूक श्रद्धांजलि ही पंजीकृत की जाये।

सबसे अधिक आश्चर्य मुझे यह पढ़कर हुआ कि आप जैसे ख्याति प्राप्त तथा मँजे हुए लेखक की रचनाएँ भी सम्पादक लोग वापस कर सकते हैं। मैं अब तक इस गलतफहमी में था कि इतनी सारी रचनाओं का चयन करते-करते आखिर तक संपादकों को कुछ न कुछ अक्ल ज़रूर आ जाती होगी।

मेरे एक मित्र हैं ला. मुलखराज। पेशे से ठेकेदार, स्वभाव से परदुख दुखी और पैसे से लखपति। आपकी रचना लौटाए जाने की बात सुनकर कहने लगे—'ज़रूर उसमें कहीं कमी रही होगी।' बात मुझे बुरी लगी। मैंने प्रतिवाद करते हुए कहा—'इतने प्रतिभाशाली लेखक की रचना में कमी क्यों होगी ?' मुलखराज जी ने मुझे समझाते हुए कहा—'पाप्पे। मजमून में न सही, COVERING LETTER में कमी होगी।' यह बात और भी बुरी लगी, इसलिए नाराज़ होकर मैंने कहा—'फिर COVERING LETTER तो आप जैसा अक्लमंद आदमी लिखे, तभी कोहली साहब का काम चल पायेगा।'

मुलखराज जी ने बिल्कुल बुरा नहीं माना और अगले दिन तक COVERING LETTER लिख के लाने की हामी भरी। एक इन्क्वायरी अलबत्ता उन्होंने चलने से पहले और की। पूछने लगे—'ये तुम्हारे कोहली साहब कौन सा दर्जा पास हैं !' मैंने उपेक्षा से कहा—'जनाब ! आप दर्जों की पूछ रहे हैं ? डाक्टर हैं डाक्टर।' मुलखराज चलते-चलते रुक गये। बोले—'डाक्टर हैं ! तो पुत्तर ऐसा COVERING LETTER लिख के दूँगा कि गारंटी से हर रिसाले में हर मज़मून छपेगा।'

दूसरे दिन ला. मुलखराज उर्दू में एक पत्र लिख के दे गये हैं। उसकी हिंदी प्रतिलिपि की नकल नीचे दे रहा हूँ। मैं साहित्यिक मामलों का जानकार नहीं हूँ इसलिए मूल रूप से उसका मूल्यांकन आपको ही करना होगा। गारंटीशुदा माल है—यदि परीक्षण में सफल उतरे, तो मुझे भी सूचित करें—एक रचना के हाथ मुझे भी

पीले करने हैं।

भवदीय,
राजेन्द्र कुमार पंत (बरेली)

मुलखराज जी के कवरिंग लेटर की प्रतिलिपि

जनाब एडीटर साहेब,

बाद आदाब के अर्ज है कि हिन्दुस्तान के मशहूर ओ मारूफ हकीम, मसीहुलमुल्क, मसीहाएतिब, जनाब नरिंदर साहेब का बक़लम खुद लिखा हुआ एक मज़मून आपके रिसाले में शाया करने के लिए भेज रहा हूँ। हकीम नरिंदर कोहली साहेब ख़ानखानी हकीम हैं और गुप्त रोगों के इलाज में अपना सानी नहीं रखते। बड़े-बड़े राजा महाराजा उनकी खिदमात का फ़ायदा उठा चुके हैं। हकीम साहेब ने रियायतन तै पाया है कि जो भी रिसाला उनके मज़मून को शाया करेगा, उसके एडीटर तथा घर वालों के गुप्त रोगों का इलाज एक साल तक मुफ्त किया जायेगा। अक्सर कुछ एडीटर हकीम साहेब के फोटो की भी माँग करते हैं। हकीम साहेब का सिंगल फोटो 2) और घर के साथ बड़े साइज़ का फोटो 3) भेज कर मँगाया जा सकता है। फोटो पसंद न आने पर दाम वापिस की गांरटी।

याद रहे कि यह रियायत सिर्फ एक ही साल तक के लिए है। दूसरे यह भी नोट किया जाये कि आजकल हकीम साहेब सिर्फ जिंदा आदमियों का इलाज करते हैं। एक साधु से वचन हार जाने की वजह से मुर्दे में जान डालने की खिदमत से मजबूर हैं।

फक़त।

फिदवी—मुलखराज
प्रा. सेक्रेटरी हकीम साहेब

22-11-71

प्रिय कोहली जी,

28 अक्तूबर की माधुरी में आपकी रचना 'गैर फिल्मी डाक्टर दग़ाबाज निकला' पढ़ने का सौभाग्य प्राप्त हुआ। आपका औषधि ज्ञान देखकर मैं तो चकित रह गया। यदि आप एनीमिया के लिए फेरसोलेट, फेरोनिकम साइब्रोन तक का ज़िकर करते, तब भी तसल्ली थी, पुरानी दवाएँ हैं—कुछ लोग जान भी गये तो कुछ हर्ज नहीं। पर यदि लेखकगण फेसोफोर और फोफोल के चर्चे करने लगे तो हम डाक्टरों के लिए लिखने को क्या बचेगा ? दीखता है शीघ्र ही सोडा लेमन या चने भठूरे जैसे किसी

अन्य सम्माननीय व्यवसाय के लिए दल-बदल करना ही पड़ेगा।

इस रचना में आपने व्यंग्य के शाल में लपेट कर डाक्टरों को कस-कस के लगाये हैं। पर व्यक्तिगत रूप से मुझे कोई शिकवा-शिकायत नहीं है। इस रचना से मेरी एक मिनी-रिसर्च का समापन हुआ इसलिए कुछ उदारमना अनुभव कर रहा हूँ।

मैं इन दिनों परिवार-नियोजन के एक बिलकुल अछूते पक्ष के शोध कार्य पर अपना विनीत योगदान दे रहा था। हमारे एक क्लास फैलो यहाँ परिवार नियोजन के सिलसिले में VASECTOMY INCHARGE होकर आये। बड़े ही उत्साह से उन्होंने गाजर-मूली की तरह नसें काट-काट के फेंकीं। लोगों ने बड़ी दुआएँ दीं और परिणामस्वरूप जहाँ बरेली आते वक्त 3 लल्ले घर में थे वहाँ जाते वक्त, सिर्फ 3 साल में ही, बाल गोपाल की संख्या 7 पर पहुँच गयी। एकाएक मुझे खयाल आया कि कहीं कार्यकर्ताओं पर परिवार नियोजन का उल्टा असर तो नहीं पड़ता। बस, उन्हीं दिनों मैंने DR. PANT'S FIRST LAW की घोषणा की—'जो बाहर की आबादी घटाते हैं, उनके घर की आबादी बढ़ जाती है।' अब तो खैर सभी विज्ञान वेत्ताओं ने इसे शिरोधार्य कर लिया है पर शुरू में बड़ा विवाद रहा। खैर ! परीक्षण के तौर पर 'दो या तीन' का पोस्टर लगाने वाले एक कार्यकर्ता से मैंने मिठाई खिलाने की तारीख़ पूछी तो उसने पाँव पकड़ लिए। कहने लगा—'वैद जी ! हाल पूछ के इलाज करने वाले मैंने डाक्टर भी देखे और नब्ज से मर्ज़ शिनाख्त करने वाले हकीम भी देखे—पर मर्द की शक्ल देख के बीवी का हमल शिनाख्त करने वाले आप पहले ही वैद हैं।'

अपनी आदत निष्काम कर्म की है, इसलिए इतनी प्रशंसा झेल गया, वरना ज्यादातर आदमी तो नशे में चक्कर खाके गिर पड़ते। तारीफ का नशा बड़ा सख्त होता है।

कुछ दिनों बाद पड़ोस में एक पेन्टर के घर जुड़वाँ बच्चे हुए। फिर मैं शोध कार्य में संलग्न हुआ। खोज करने पर पता चला कि पेन्टर साहब आजकल फेमिली प्लानिंग के बोर्ड पेन्ट कर रहे हैं। संक्षेप में समझिये कि शोध का दूसरा चरण समाप्त हुआ।

शोध के तीसरे चरण में हमें यह देखना था कि जो लोग सक्रिय कार्यकर्ता नहीं हैं, सिर्फ नियोजन का ज़िकर भर करते हैं, उन पर क्या प्रभाव पड़ता है। उदाहरणार्थ, 'एक और लाल तिकोन' परिवार नियोजन की पुस्तक तो है नहीं—सिर्फ शीर्षक में नाम चर्चा है। इस किताब को देख के शुरू में ही मेरा माथा ठनका था और बार-बार एक कविता की प्रथम पंक्ति याद आ रही थी जिसका आशय गद्य में था कि—

'जब पूनम का चाँद निकल ही आया है
तो आज कुछ न कुछ हो के ही रहेगा।'

कई बार मैंने स्वप्न में देखा कि मेरे घर के सामने एक ट्रक आके रुका और ट्रक-ड्राइवर सरदार जी कह रहे हैं कि बादशाहो ! दिल्ली से मिठाई आयी है, जल्दी माल उतारो। मैं पसोपेश में रहता था कि उतारूँ कि नहीं–इतने में नींद खुल जाती थी। इस तरह से कई ट्रक मिठाई का नुकसान हो चुका था–पर शोध कार्य स्वप्नों के आधार पर तो हो नहीं सकते। एकदम गतिरोध उत्पन्न हो गया था।

जैसा मैंने शुरू में ही निवेदन किया था आपकी रचना 'गैर फिल्मी डाक्टर दगाबाज़ निकला' पढ़ते ही शोध कार्य का समापन हो गया। अनुत्तरित प्रश्न का उत्तर काफी विस्तार से मौजूद था। बधाइयाँ !

आशा है आप स्वस्थ एवं सानंद होंगे।

शुभाकांक्षी,

राजेन्द्र कुमार पंत (बरेली)

पुनश्च–नेशनल पब्लिशिंग हाउस के माननीय व्यवस्थापक जी का एक पोस्ट कार्ड मिला। आज्ञानुसार एक आर्डर-कार्ड डाल दिया है। हथियार डाले हुए विपक्षी पर, ऐसा शुद्ध अमरीकन व्यावसायिक आक्रमण करना क्या वाकई जरूरी था ? बाई द वे, आपका और व्यवस्थापक महोदय का लेख बहुत मिलता-जुलता है।

रा. कु. प.

27-12-71

प्रिय कोहली जी,

नव वर्ष की शुभकामनाएँ स्वीकार कीजिए। भारत-पाक संघर्ष में शानदार विजय के लिए बधाइयाँ।

आपके पाठक बड़े अशिष्ट होते जा रहे हैं। मुझी को देखिए–अभी पिछले पत्र का उत्तर तक नहीं दिया। अब लिखने बैठा हूँ तो एकदम धर्मसंकट में हूँ कि क्या लिखूँ ?

अपने हिन्दी ज्ञान का आधार दृढ़ करने की दृष्टि से मैंने व्याकरण पढ़ना शुरू कर दिया है। एक नियम दृष्टिगत हुआ–'किसी प्राकृतिक गुण युक्त वस्तु की संज्ञा के साथ उसका निहित गुणवाचक विशेषण अनावश्यक है।' उदाहरणार्थ–पानी गीला होता है परन्तु हम पानी के साथ गीला विशेषण प्रयोग करके–गीला पानी–नहीं लिखते। मात्र पानी से ही सारी स्थिति का बोध हो जाता है। इस नियम के अंतर्गत 'ठंडी बर्फ' या 'आज्ञाकारी पति' भी दोषयुक्त प्रयोग माने जायेंगे।

कालेज छोड़ने के बाद से, शुरू की एकाध नौकरी को छोड़कर मैं लगातार अब तक बगैर नौकरी के ही चल रहा हूँ। इस स्थायी ठाले बैठे की अवस्था में, मेरे पत्रों का बैठे ठाले मार्का होना स्वाभाविक ही है। आपने पिछले पत्र का आरंभ करते हुए

लिखा था—'आपका बैठे ठाले मार्का पत्र मिला।' आप हिन्दी के विद्वान् हैं और अध्यापक भी। कृपया इस अकिंचन जिज्ञासु की शंका समाधान करें कि उपर्युक्त नियम के अंतर्गत मेरे पत्रों के लिए 'बैठे ठाले मार्का' विशेषण, अति प्रयोग माना जायेगा या नहीं ?

अंत में एक विनीत प्रार्थना है। अप्रैल 70 से अब तक आपके सिर्फ दो व्यंग्य लेख पढ़ने को मिले। जिन पत्रों पर आप कृपालु हैं वे हमको मिलते ही नहीं। यदि संभव हो तो पत्रिकाओं में लेख भेजते समय एक अतिरिक्त कापी टाइप करा लीजिए और इस सेवक को बुक पोस्ट से भेज दें। इसमें कुछ खर्च आयेगा जिसके लिए मैं 10 रुपये का चैक भेज रहा हूँ। जब यह समाप्त हो जाये, दास को आज्ञा करें।

शेष कुशल—

शुभाकांक्षी,

राजेन्द्र कुमार पन्त (बरेली)

पुनश्च—पिछले पत्र में आपने मेरी बड़ी LEGPULLING की थी—कई दिन तक टाँगों में दर्द बना रहा।

रा. कु. प.

18-1-72

प्रिय कोहली जी,

आखिर आपने भी अभिवादन सहित चैक वापस कर ही दिया। इन दिनों मेरे चैकों तथा अभिवादनों का ऐसा घनिष्ठ संबंध स्थापित हो गया है कि रास्ते चलते यदि कोई मुझे नमस्ते भी करता है तो मैं रुक कर चैक की प्रतीक्षा करने लगता हूँ।

इस क्रम का आरंभ यों हुआ कि मैंने अपने एक मित्र को चैक द्वारा कुछ रुपये उधार दिये। कुछ दिनों बाद उसका पत्र तथा मेरा ही चैक वापस आया। यदि किसी में पत्र की अशिष्ट भाषा के आवरण को हटाकर पत्र की आत्मा में निहित प्यार की भावना को पहचानने की क्षमता हो, तो उसको वह पत्र एक तरह का अभिवादन ही लगता, यद्यपि शैली की भिन्नता से इन्कार नहीं किया जा सकता।

दूसरी दुर्घटना, अधिक दूर नहीं, स्वयं मेरे घर में ही हुई। पिछले महीने नयी साड़ियों-चूड़ियों के संदर्भ में पत्नी जी ने एक सप्लीमेंटरी बजट पेश किया। आदत से मजबूर, मैंने सहर्ष पूरी राशि दे दी चैक से। घर में एक अत्यंत स्निग्ध वातावरण व्याप्त हो गया। परन्तु दूसरे दिन घटनाओं ने कुछ एकाएक ऐसा अप्रत्याशित मोड़ लिया कि स्थिति एकदम गंभीर हो गयी। बैंक के मैनेजर ने धनराशि के बजाय, अपने अभिवादन ससम्मान चैक के साथ भेजे और कुछ तकनीकी शब्द—जैसे ओवरड्राफ्ट और बैंक की वित्तीय दुरावस्था आदि का ज़िकर किया। मेरी पत्नी छोटी-छोटी बातों

पर अनुपात से अधिक क्रोधित हो जाती है। मैंने उसको धीरज से समझाया कि 'बीवी। दुनिया में इज़्ज़त बड़ी चीज है। रुपया तो आनी-जानी माया है–हाथ का मैल है। मैनेजर ने अभिवादन करके हमें जो इज्जत बख्शी है वह कहीं अधिक बड़ी बात है, बमुकाबले थोड़े से रुपयों के–जो उसने नहीं भेजे।' मेरी पत्नी एक चरित्रवती स्त्री है और किसी विषय में गलत दृष्टिकोण अपना ले, तो उसको डिगाना बहुत मुश्किल है।

इस घटना के बाद से मेरी वित्तीय साख थोड़ी कम अवश्य हो गयी थी पर मैं फिर भी आशावान था कि समय के साथ स्थिति अवश्य सुधर जायेगी। परन्तु आपका प्रेमवश वापस किया हुआ चैक भी इन्हीं दिनों आना था, जिसकी नियति कदाचित् मेरी पत्नी के ही हाथों पड़ना था। सारी बात उसने समझी ही नहीं केवल चैक और अभिवादन पढ़ते ही आग-बबूला हो गयी। एक तो इस बात की लज्जा कि हमारे पति के बैंक-बैलेंस में दस रुपये भी नहीं हैं, अन्यथा चैक क्यों लौटता ? दूसरे वह लगातार इस शक में गिरफ्तार है कि मुझे किसी कारण से आपकी दस रुपये की देनदारी थी जिसकी अदायगी में, मैंने नटवरलाल की सी सफाई दिखाई। वह मुझे लगातार धमकी दे रही है कि अपने मैके से दस रुपये मँगाकर, आपके नाम मनीआर्डर भेजेगी।

इधर मैं उसको घटनाओं के महत्त्व को समझने की राय दे रहा हूँ। मैंने उसको बताया कि महत्त्वपूर्ण बात चैक का लौटना नहीं, बल्कि यह बात है कि चैक अभिवादन-समारोह, बैंक जाने से पहले हुआ या बैंक से लौटकर। यदि बैंक-यात्रा से पूर्व ही आपने अभिवादन अंकित किया, तो इससे मेरे इस संदेह की पुष्टि ही होती है कि आप न सिर्फ अत्यंत धनी व्यक्ति हैं बल्कि परम दीन-वत्सल भी हैं। अपने दीन पाठक की मध्यवर्गीय सफेदपोशी का मुखौटा सुरक्षित रखने के विचार से ही आपने चैक वापस किया होगा। इसके विपरीत यदि चैक लौटाने का विचार बैंक अधिकारियों से परामर्श के बाद किया गया तो भी मैं, बैंक वालों की दुष्टता के बावजूद, उन्हें हृदय से क्षमा करता हूँ, क्योंकि–प्रभु ईसा के शब्दों में–वे नहीं जानते कि वे क्या कर रहे हैं !

'पाँच एब्सर्ड उपन्यास' मिल गयी। कुछ लोगों ने प्रतिक्रियाएँ भी व्यक्त की हैं। इस पत्र में उसी की चर्चा होनी थी पर यह चैक वाला मामला इतना तूल पकड़ गया कि बिना सुनाये रहा भी नहीं जाता। खैर, पुस्तक चर्चा अगले पत्र में होगी।

आशा है आप सानंद एवं स्वस्थ होंगे।

आपका

राजेन्द्र कुमार पंत (बरेली)

17-2-72

प्रिय कोहली जी,

आपका कृपापत्र प्राप्त हुआ—धन्यवाद। 18 फरवरी की 'माधुरी' में आपकी रचना 'धर्मपत्नी पिक्चर पत्नी' पढ़ने को मिली। सुन्दर रचना है। पिछले पत्र के साथ आपने दो अन्य रचनाएँ 'नमस्ते' तथा 'हाय ! जो हम नहीं हैं' भी भेज दी थीं। वे दोनों भी उत्तम कृतियाँ हैं।

मेरे खयाल से आपकी अगली पुस्तक भी प्रकाशन के निकट ही होगी। कृपया मेरा नाम तो आप प्रकाशक को स्थायी ग्राहकों में लिखवा दें ताकि बार-बार की औपचारिकता समाप्त हो।

आशा है आप स्वस्थ एवं प्रसन्न होंगे।

भवदीय,
राजेन्द्र कुमार पंत (बरेली)

6-8-72

प्रिय कोहली जी,

आपका मई का पत्र मई मास में ही मिल गया था, परन्तु यह पढ़कर कि आप कुछ समय के लिए छुट्टियाँ मनाने जा रहे हैं हृदय में कुछ दया उत्पन्न हो गयी। सोचा, साल भर तो बोंर करते ही हैं, एकाध महीने की मानसिक शांति हरेक को मिलनी ही चाहिए। अतएव मन मार कर पत्रोत्तर नहीं लिखा। जुलाई में 'नई कहानियाँ' में आपकी रचना 'समानान्तर' पढ़ी। हम तो लगभग भूल ही गये थे कि आप गंभीर कथा रचना भी करते हैं। प्रशंसा के दो शब्द लिखने को बहुत मन था परन्तु सात्विक विचारों से आहत, हम फिर चुप रहे। आशा है आप पत्र पढ़ते-पढ़ते धन्यवाद दे रहे होंगे, जो अग्रिम शिरोधार्य है।

हिन्दी में जासूसी साहित्य के एक लेखक हैं ओम प्रकाश शर्मा। सुना है लगभग आधे दर्जन नकली ओम प्रकाश उन्हीं के नाम से लिखते हैं। इस विषय पर कभी गौर नहीं किया था। नदी पार आग लगे तो हमें क्या ? परन्तु वह दुःख हमें भी झेलना पड़ेगा, यह मालूम न था। अगस्त की 'कादम्बिनी' में एक लेख है 'लोक कथाओं में गतिरोध' और लेखक हैं 'नरेन्द्र कोहली'। आप चूँकि 'कादम्बिनी' जैसी निम्न स्तर की पत्रिका में लिखते नहीं हैं, दूसरे लेख के आखिर में आपका पता भी नहीं दिया गया है इसलिए मैं समझ गया कि किसी सज्जन ने ओम प्रकाश की तरह आपके नाम की नकल करके लिखना शुरू कर दिया है। परन्तु एक बड़ा कष्ट है—ओम प्रकाश के नकलची सब घटिया लिखते हैं, परन्तु यह व्यक्ति तो बहुत सुन्दर

लिखता है। आपकी सुन्दरतम रचनाएँ 'संकट और संस्कृति' तथा 'विदेशी मुद्रा को कुतरने वाले चूहे' आदि के स्तर का जो प्रारंभ से ही लिखेगा, वह भविष्य में क्या गजब करेगा, यह सोच के ही दिल काँप रहा है।

इस घोर संकट का सामना करने के लिए 'अखिल भारतीय नरेन्द्र कोहली फैन्स क्लब' की केन्द्रीय समिति की बैठक अभी हाल ही में बुलाई गयी थी। एक प्रस्ताव था कि इस नकलची को गोली मार दी जाये। परन्तु अहिंसक परम्परा से संस्कृत भारतीय मानस को ऐसी ज्यादती पसंद नहीं, इसलिए प्रस्ताव अस्वीकार्य रहा। कुछ और सदस्यों का विचार था कि इसकी तरफ ध्यान ही न दिया जाये। परन्तु ऐसे प्रतिभाशाली प्रतिद्वन्द्वी को भविष्य में संकट उत्पन्न करने के लिए छुट्टा भी तो नहीं छोड़ा जा सकता। अंत में, सर्व सम्मति से प्रस्ताव पास हुआ कि इस नकली नरेन्द्र कोहली को कूटनीतिक शस्त्रों से मारा जाये। तै पाया कि हम सब लोग इसको इतने अधिक प्रशंसा पत्र लिखें कि बेचारे का जीना ही दूभर हो जाये–बोर होकर लिखना छोड़ देगा। अब आप इस नरेन्द्र कोहली का पता खोज कर हमारे पास भेजिए, ताकि हम आगे की कार्यवाही शुरू करें।

–छुट्टियों में क्या-क्या साहित्य सृजन हुआ ?

–आसन्न-प्रसवा पुस्तकों के क्या समाचार हैं ?

–DR. PANT'S FIRST LAW 'एक और लाल तिकोन' के लेखक पर लागू होता है कि नहीं ?

शेष कुशल।

भवदीय,
राजेन्द्र कुमार पंत (बरेली)

9-3-73

प्रिय कोहली जी,

25 फरवरी के धर्मयुग में आपकी रचना 'हिसाब-किताब' पढ़ने को मिली। सुन्दर व्यंग्य-रचना है। 'जगाने का अपराध' तथा 'पुनरारंभ' की प्रतीक्षा है। इस बीच कहीं रुष्ट होकर मेरा कोटा ही कैंसिल न कर दीजियेगा।

आपने पिछले पत्र में शिकायत की थी कि आपकी ओर से बहुत सूचनाएँ भेजी जाती हैं और मेरी तरफ से उसका पासंग भी नहीं आता। मैं इतने दिनों से इस वाक्य का मतलब समझने की कोशिश कर रहा हूँ पर बात मेरे पल्ले पड़ी ही नहीं। मेरी समझ में तो साहित्यिक सूचनाएँ दो प्रकार की होती हैं–लेखक संबंधी लेखकीय-सूचनाएँ तथा पाठक की पाठकीय सूचनाएँ। लेखकीय सूचनाएँ बताती हैं कि फलाँ लेख

प्रकाशित होने वाला है या फलाँ पुस्तक छपने वाली है। पाठकीय सूचना-विज्ञप्ति में कहा जाता है 'मान्यवर। आपकी अमुक पुस्तक बहुत पसंद आयी इत्यादि।' इस दृष्टि से देखिए तो उभय पक्षों की सूचनाओं के आदान-प्रदान में आपको कहीं असंतुलन नज़र नहीं आयेगा।

परंतु यदि आपका मंतव्य यह है कि जहाँ आप अब तक अपनी तमाम पुस्तकों और रचनाओं के सृजन की सूचना भेज चुके हैं वहाँ मेरी तरफ से इस प्रकार की किसी सर्जनात्मक गतिविधि की सूचना नहीं आयी तो पासंग वाला अभियोग ठीक है। वैसे भी मेरे ऊपर कई ओर से हिन्दी लेखन के लिए बड़े दबाव पड़ रहे हैं। इधर मैं नोट कर रहा हूँ कि जिस वक्त मैं दो-दो पेज के बोरियत भरे पत्र आपको सरपट घसीटता हूँ, मेरी पत्नी मुग्ध चकित दृष्टि से मुझे आँखें फाड़-फाड़कर देखने लगती है। एकाध बार तो उसने दबी जबान से यह तक पूछ डाला कि आखिर इन साहित्यकारों ने प्रेमचन्द वगैरह को ही आसमान पर क्यों चढ़ा रखा है ?

खैर ! गुस्सा थूकिए। अब यह बताइए कि आजकल क्या लिख रहे हैं ? स्वास्थ्य कुछ सुधरा या वही गैस और घबराहट कष्ट दे रही है ? भंगी से बातचीत करिए तो झाड़ू-पंजे की ही चर्चा होनी चाहिए, वरना कहीं मैं भी शिकायत न करने लगूँ कि डाक्टर सेवक होने के बावजूद आप पासंग भर भी अपने स्वास्थ्य की ख़बर नहीं भेजते।

आपका
राजेन्द्र कुमार पंत (बरेली)

31-3-73

प्रिय कोहली जी,

आपका कृपा पत्र मिला। 'पुनरारंभ' भी मिली। अनेक-अनेक धन्यवाद। आपका इस पुस्तक में कितना अंशदान है ?

आपके स्वास्थ्य समाचार मिले। धन्यवाद। 'अतिमर्श' प्रकाशन की बात से हर्ष हुआ। मैं चार प्रतियों का चंदा वहन करने को तैयार हूँ।

आपने मेरे बारे में प्रश्नों के ढेर लगा दिये हैं। यदि आप एक नौकर रखते हैं तो सारी जानकारी पहले दिन पता लगानी चाहिए। यदि चार साल तक संतोषजनक सर्विस देने के बाद आप एकाएक उससे नाम, घर का पता, रिश्तेदारों इत्यादि की जानकारी माँगें, तो नौकर का शंकित होना स्वाभाविक ही है। मेरी चार साल की पाठकीय सेवा में सिनीयोरिटी है, कभी शिकायत का मौका दिया ? फिर शिष्टता का नियम है कि प्रेमिका एवं प्रशंसक-पाठक की आयु पूछी नहीं जाती—कम से कम का

अंदाज लगाकर, मन प्रफुल्लित किया जाता है। शास्त्रों में लिखा है कि प्रेमिका चिर षोडशी तथा परम रूपवती होती है और पाठक चिर युवा एवं परम गुण पारखी। फिर मैं हिन्दी साहित्य में गलत परम्पराएँ प्रारंभ करने में योगदान नहीं दे सकता। पाठकों को प्रख्यात लेखकों के बारे में कौतूहल होता है, न कि लेखकों को टटपुंजिए पाठकों के बारे में। यदि यह परम्परा जड़ जकड़ गयी, तो साले पाठक अपनी आत्मकथा की एक-एक प्रति लेखकों के यहाँ वी. पी. से भेजने लगेंगे।

आप लोकप्रिय पत्रिकाओं के लिए बहुत कम लिखते हैं, यह बड़ा कष्ट है। सड़े-सड़े लेख धड़ाधड़ छपते जाते हैं और आप इतनी प्रतिभा के बावजूद, कभी-कभी एक झलकी ही दिखाना पसंद करते हैं। कृपया मुझे यह उत्तर न दीजिए कि मुझसे चाटुकारी नहीं होती या मैं गुटबंदी नहीं कर पाता। यह तो मन बहलाने वाली बातें हैं। कृपया कारण का सही सर्वेक्षण कीजिए और अपना सही स्थान ग्रहण करने का प्रयत्न कीजिए (हमारी गुस्ताखी माफ़ हो)।

शेष कुशल।

विनीत पाठक,
राजेन्द्र कुमार पंत (बरेली)

पुनश्च—'लेखक मंडल' के लिए पाठकीय-दृष्टिकोण से एक लेख लिखूँ ?

राजेन्द्र कुमार पंत

7-6-73

प्रिय कोहली जी,

आपका 5-6-73 का कार्ड मिला। 'जगाने का अपराध' तथा 'अतिमर्श' दोनों ही यथासमय मिल गये थे। इन दिनों काफी मानसिक तनाव बने रहे—चित्त खिन्न रहा, इसलिए पत्र नहीं डाला। वैसे भी मुझे बार-बार ऐसा लगता है कि आप जैसे व्यस्त एवं साहित्य के प्रति अत्यधिक समर्पित व्यक्ति को अपने बचकाने पत्रों से बोर करना या समय नष्ट करना अन्याय की बात है।

खैर ! अतिमर्श की ही बात शुरू करूँ। दीखता है हर चीज़ के ऊपर काफी ध्यान दिया गया है। कवर की रूप-सज्जा तथा विषय सूची का क्रम एकदम नया था। आपका संपादकीय विचारोत्तेजक है। आपका सुझाव कि नये लेखकों को मार्ग दर्शन मिलना चाहिए मेरी दृष्टि से एक बहुत ही महत्त्वपूर्ण बात है। अन्यथा होता यह है कि जो भी लिखना शुरू कर रहा है एकदम उस्तादी स्तर से ही शुरू करता है। परिणाम यह है कि बहुत से लोग हमेशा ही अधकचरी रचनाएँ करते रहते हैं। दूसरे आपका सुझाव कि पाठकों के पास पहुँचने का भी प्रयत्न करना चाहिए, हर दृष्टि से सराहनीय है। आजकल तो शायद स्तरीय साहित्य का मापदंड ही यह रह गया है कि

पुस्तकें कम से कम बिकें और लेखक पाठकों से कटा हुआ अपने एक DON QUIXOTIC संसार में अलग-थलग ही रहे।

'जाल समेटा' की समीक्षा मनोरंजक तथा पठनीय थी। इस तरह की समीक्षा पढ़कर पाठक को एक अंदाज अवश्य ही हो जाता है कि पुस्तक में क्या पढ़ने को मिलेगा। मैं चालू, फार्मूलाबद्ध समीक्षाएँ पढ़कर इतना बोर हो चुका हूँ कि मैंने समीक्षा पढ़ना ही छोड़ दिया था। कष्ट यह है कि हर समीक्षक अपने को कदाचित् एक बड़ी ऊँची श्रेणी का दार्शनिक समझता है और पूरी समीक्षा कुछ टकसाली शब्दों के द्वारा उसके अपने IDIOTIC दर्शन के PROJECTION में ही निकल जाती है और पुस्तक के बारे में कुछ IDEA हो ही नहीं पाता।

'अतिमर्श' की कहानियाँ एक सुखद आश्चर्य थीं। अपेक्षाकृत नये होते हुए भी यह कहानीकार सुन्दर रचना करते हैं। इनमें से हर एक जानता है कि मुझे क्या कहना है। बकवास कम और स्पष्टता अधिक, यह परम आवश्यक है। आगे से यदि एक लेखक की एक ही रचना हो तो शायद अधिक अच्छा रहेगा।

कविताएँ पढ़कर मुझे अक्सर मतली आने लगती है। पर 'अतिमर्श' की सभी कविताएँ पढ़ीं और तबियत ठीक रही। कुछ कवि तो बहुत अच्छे लगे। नाम नहीं प्रगट करूँगा, ताकि उन्हें दंभ न हो और शेष लोग हतोत्साहित न हों।

गोष्ठी-प्रसंग—अपना हाल 'गुरु गोविंद दोनों खड़े' वाला है। REPORTER की तारीफ करूँ अथवा REPORTED की, यही समस्या है। मुझे बड़ी प्रसन्नता है कि 'आतंक' कीं यथोचित प्रशंसा हुई। डा. लाल, सत्येन्द्र शरत्, मन्मथनाथ गुप्त जैसे लोगों ने आपका लोहा माना, यह वास्तव में संतोष की बात है। 'आतंक' सभी दृष्टि से एक बढ़िया उपन्यास है, यह निर्विवाद सत्य है।

'अतिमर्श' के कवर पर अपना नाम पढ़कर मैं बड़ा चौंका। फिर खयाल आया कि मेरी लेखन-असमर्थता पर तरस खाकर शायद आपने स्वयं कोई लेख लिखकर मेरे नाम से छपवा दिया होगा। कृतज्ञता से मेरा कंठ अवरुद्ध हो गया। जल्दी से पृष्ठ पलट कर देखा तो अपना ही पत्र नज़र आया। ऐसा लगा जैसे किसी भले घर की स्त्री को बिकनी पहना कर पर-पुरुषों के बीच खड़ा कर दिया गया हो। वह पत्र तो एकदम व्यक्तिगत था और बिना संदर्भ जाने और लोग उसका आनंद तो शायद नहीं ही उठा पायेंगे, अलबत्ता कुछ लोग मेरे मानसिक स्वास्थ्य के बारे में अवश्य ही चिन्तित हो उठेंगे।

अब तक यह सुविधा थी कि जब जी चाहा पत्र लिखकर आपको बोर कर लिया। ऐसा सहनशील, धैर्यवान व्यक्ति भाग्य से ही मिलता है अन्यथा अब तक तो मामला फौजदारी पर पहुँच गया होता। पर अब दिल में एक दहशत बैठ गयी है। संभव है हम प्रेमातिरेक में पत्र लिखें और आप भरी सभा में सेवक का चीर-हरण ही

कर दें। यह सुख भी समाप्त होता दीख रहा है। कवि मुलखराज ने कहा है—'फ़लक़ तों ऐश ग़रीबां दा गवारा न होगा।'

आशा है आप स्वस्थ एवं प्रसन्न होंगे।

आपका,

राजेन्द्र कुमार पंत (बरेली)

5-12-73

प्रिय कोहली जी,

आपका नया पत्र मिला—धन्यवाद। 'जगाने का अपराध' मुझे मिल गयी थी। पुस्तक मुझे इतनी पसन्द आयी कि अगला संस्करण मैं अपने नाम से छपवाने की सोच रहा हूँ। यदि किसी प्रकाशक को उपकृत ही करना हो तो चुपके से मेरा पता दे दें। भीड़-भाड़ मुझे पसंद नहीं।

हमेशा की तरह आपके प्रकाशक ने मुझे 'आश्रितों का विद्रोह' नहीं भेजी। जाने कैसे इस दुष्ट को यह पता चल गया है कि आपके प्रबुद्ध-पाठक-समुदाय में साहित्य-बोध की दृष्टि से मैं ज़रा कमज़ोर पड़ता हूँ। हमेशा मेरी प्रति रोक लेता है। इस साल में प्रकाशक जी को नव वर्ष का बधाई-पत्र भेजने वाला था पर अब मैं भी सख़्ती पर उतर आया हूँ। बधाई पत्र का साइज़ छोटा कर दिया है।

आपको पत्र काफी दिनों से नहीं भेजा यह सही है। पर आजकल कोई परेशानी नहीं थी सिर्फ लोभ के कारण चुप था। मुझे एक सज्जन ने बतांया कि भारत में एक संस्था है—'SOCIETY FOR THE PREVENTION OF CRUELTY TO WRITERS'. उन्होंने मुझसे वादा किया था कि यदि मैं साल भर तक कोहली साहब को पत्र लिख-लिख के बोर न करूँ तो संभव है इस वर्ष का गोल्ड मैडल मुझी को प्रदान किया जाये। स्वर्ण-लोभ वश मैं मान गया, पर आपका पत्र पाकर मुझे लगा कि सोने की क्या औकात है—ताल्लुकात बड़ी चीज हैं—बस फिर पत्र लिखने बैठ गया।

और क्या-क्या लिखा जा रहा है ? अगली पुस्तकों व रचनाओं के बारे कुछ सूचना मिल सकती है ?

शेष कुशल।

आपका पाठक,

राजेन्द्र कुमार पंत (बरेली)

10-1-74

प्रिय कोहली जी,

पत्र के लिए धन्यवाद। नव वर्ष की बधाइयाँ स्वीकार कीजिए। 'धर्मयुग' में

आपका सम्पादक के नाम 3 लाइन का पत्र देखा। 'माधुरी' में '5 साल में क्या सीखा' नामक रचना देखी। चलिए—आपका मौन व्रत तो टूटा।

नया 'अतिमर्श' मिला। मुझे अब तक के लेखकों में मीरा सीकरी, प्रेम जनमेजय, रंजना, गीता गोयल पसंद आये। वैसे भी जो रूप 'अतिमर्श' ग्रहण कर रहा है मुझे पसंद है।

रमेश उपाध्याय जी के पत्र का मैं जवाब देना नहीं चाहता, मेरा पत्र निजी था—सार्वजनिक रूप से एक-दूसरे के ऊपर कीचड़ उछाल कर कटुता उत्पन्न करने का मेरा इरादा नहीं था। इस तरह की बहस के लिए न मुझे समय है और न रुचि। वैसे भी जिसके मुख्य बात ही समझ में न आये, उसके साथ सिर खपाने से क्या लाभ ?

आशा है आप स्वस्थ एवं प्रसन्न होंगे।

आपका,
राजेन्द्र कुमार पंत (बरेली)

18-2-74

प्रिय कोहली जी,

आपका पत्र तथा 'आश्रितों का विद्रोह' यथासमय मिल गये। 'आश्रितों का विद्रोह' में आपकी मौलिक सूझ-बूझ वाली टिप्पणियाँ बहुत ही सुन्दर रही हैं। अब आगे क्या लिख रहे हैं ? 'धर्मयुग' तो शायद बन्द ही हो गया। बुरा लगा, पर शायद महँगाई तथा कागज का अभाव और पत्रिकाओं पर भी प्रभाव डाले। वैसे भी पत्रिकाओं के दाम इतने अधिक बढ़ रहे हैं कि खरीदना कम कर दिया है। 'अतिमर्श' के प्रकाशन पर भी तो कागज की कमी का प्रभाव पड़ा होगा। क्या प्रबन्ध किया ?

एक कहावत है—बुभुक्षितः किं न करोति पापम्। अपना भी आजकल यही हाल है। मुफलिसी का यह हाल है कि लड़के को खुद ही पढ़ाना पड़ रहा है। यद्यपि मैं इस दिशा में सतत प्रयत्नशील हूँ, पर तटस्थ प्रेक्षकों का कहना है कि उभय पक्ष एक-दूसरे के ज्ञान-स्तर के विषय में शंकाकुल हैं। आप तो पुराने सिद्धहस्त अध्यापक हैं—कुछ गुर अपने इस सेवक को भी बताइये न।

अखबारों में छप रहा है कि सारे देश से सामान उत्तर प्रदेश को भेजा जा रहा है पर यहाँ तो स्थिति काफी खराब है। मिट्टी का तेल, गैस, चीनी, गेहूँ वगैरह मिलता ही नहीं। बिजली करीब-करीब रोज शाम को 2-3 घंटे चली जाती है। अजीब स्थिति है। लगता है कि आप राजधानी के लोग हम लोगों की परवाह ही नहीं करते। आप तो दिल्ली में रहते हैं—इंदिरा गांधी जी से अकसर ही मुलाकात होती होगी—कुछ कह

सुन के हालत ठीक कराइये।

शेष यथापूर्व।

आपका,
राजेन्द्र कुमार पंत (बरेली)

5-74

प्रिय कोहली जी,

आपके 25-4-74 के पत्र के लिए धन्यवाद। चैक के कारण यदि कोई परेशानी हो तो मुझे सूचित करें, मैं मनीआर्डर भेज दूँगा। कृपया 'साथ सहा गया दुःख' की एक प्रति मुझे भी भिजवा दें—अनुग्रह होगा।

'शंबूक की हत्या' मैं पढ़ चुका था पर प्रतिक्रिया लिखने को मुझे मजबूर न करें—मुझे पसंद नहीं आया। अपने अल्प ज्ञान के लिए मैं क्या करूँ—सभी बातें तो मैं समझ और सराह नहीं पाता।

'अतिमर्श' के और ग्राहक बनवाने का मैं प्रयत्न करूँगा।

आपका,
राजेन्द्र कुमार पंत (बरेली)

28-6-74

प्रिय कोहली साहब,

'साथ सहा गया दुःख' मिल गयी। इतनी सुन्दर पुस्तक लिखने के लिए हार्दिक बधाई स्वीकार करें। दरअसल इस पुस्तक के लिए आपकी जितनी प्रशंसा की जाये, कम ही होगी। विषय आपने एकदम अछूता चुना और बहुत सुन्दर चुना। यह सही है कि श्रीमती सुमन मल्होत्रा कुछ अत्यधिक लाड़-प्यार की पृष्ठभूमि के कारण औसत से अधिक लापरवाह हैं, पर मेरे खयाल से सभी नवविवाहिताएँ कमोबेश होती सुमन जी का ही अवतार हैं। आपकी POWER OF OBSERVATION को देखकर मैं चकित हूँ कि आखिर आपके दिमाग में कौन सी मशीन फिट है। शायद VIDEO-TAPE हो।

चलते-चलाते इजाजत हो तो कुछ प्रश्न पूछ लूँ—

1. लेखक राजा राव ने एक जगह लिखा था कि अंततः सभी उपन्यास आत्मकथात्मक होते हैं। आपकी क्या राय है ?

2. भाई अमित जी को देखा तो नहीं पर लगते मुझे जाने-पहचाने हैं। पर यह सुमन जी का पात्र आपने किस माडल को देखकर लिखा है। उत्तर देना वांछनीय न हो तो न दीजियेगा—आखिर जल में रहकर मगर से बैर तो नहीं किया जा सकता।

3. बेचारे G. P. का ज़िकर जिस ढंग से किया गया है उससे हमारे दिल को बड़ा सदमा हुआ। आज्ञा हो तो कुछ और धंधा शुरू कर दें ?

आपका,
राजेन्द्र कुमार पंत (बरेली)

18-11-74

प्रिय कोहली जी,

जरा वक्त की सितमगरी देखिए कि इस बार हमको पत्र लिखने में कुछ देर हो गयी तो यहाँ के लोगों ने हमारी पीठ पीछे सैकड़ों बातें कहना शुरू कर दीं। एक सज्जन कहने लगे कि साला बोर है लेकिन चुक गया। दूसरे साहब फरमाने लगे कि कड़की में है—टिकट के पैसे बचाकर दूधवाले से ताल्लुकात सही करना चाहता है। हद तो यह कि आपकी दासानुदासी, अर्थात् मेरी पत्नी, जो हमेशा मुझे निर्दोष लोगों को सताने से रोकती थी, तक कहने लगी कि क्या बात है—कोहली साहब को बहुत दिनों से खत नहीं लिखा ? बात बरदाश्त से बाहर होती जा रही थी, इसलिए मेरा पौरुष जागा। हवलदार लहनासिंह वाले स्टाइल में मैंने कड़ककर कहा—'थुलसी मस्थख थम नव्है, धनुष भान लैहो हाथ।' मेरी बीवी बिना अर्थ समझे लगभग रोज रामायण पढ़ती है, परन्तु कविता पाठ की लहनासिंह स्कूल वाली शैली से अपरिचित होने के कारण घबराकर कमरे से बाहर चली गयी।

7 नवम्बर के 'धर्मयुग में आपकी 2 व्यंग्य कथाएँ पढ़कर, रचना पढ़ने का आनंद तो आया ही, साथ ही तुलसीदास का धर्मसंकट भी दूर हो गया।

कुछ समझ में नहीं आया कि रचनाएँ प्रकाशित करने के मामले में आप इस कदर कृपणता से काम क्यों ले रहे हैं। कुछ खयाल तो दीन पाठकों का भी रखना ही चाहिए। आगे कुछ प्रकाशित कराने का इरादा है या हम लोग पाठकीय सेवा से निवृत्त हो जायें ?

पता नहीं मेरा चैक नहीं भुनाया, कोई और नाराजगी रही पर दीखता है कि 'अतिमर्श' की ग्राहक श्रेणी से मेरा तो पत्ता ही साफ हो गया।

...तो आपके सेवक के पीछे हाथ धोकर पड़ गये हैं। आपको याद होगा कि मैंने एक पत्र...को 'आतंक' की आलोचना के बारे में भेजा था। बदले में उन्होंने मुझे खूब गलियाते हुए एक पत्र लिखा। पत्रोत्तर में मैंने उनकी बड़ी प्रशंसा की, माफी माँगी और उनके सभी विचारों से असहमति प्रकट की। ...को दीखता है मेरी धज्जियाँ उड़ाने का लोभ पैदा हुआ और 'अतिमर्श' में मेरा पत्र मय अपनी विद्वत्तापूर्ण टिप्पणी के प्रकाशित कराया। खैर, मैं सह गया। पर कुछ दिनों बाद...का एक अंक उन्होंने मेरे पास भिजवाया जिसमें उनके दो निहायत घटिया अनुवाद थे। अब वह मेरे पास...

के अंक भेजे जा रहे हैं और मैं बड़ी परेशानी में हूँ। ...तथा कई अन्य लोगों की रचनाएँ मैंने पढ़ीं। मेरा बड़ा जी चाहता है कि एक-एक पत्र सभी लोगों के पास भेजूँ। पत्र का मसविदा कुछ ऐसा होगा—'प्रिय बंधु ! आपकी रचना...में पढ़ी। ज्ञात हो कि मैं तो बहुत ही साधारण कोटि का डाक्टर हूँ। सिर्फ लेख पढ़कर ही आपके पूरे रोग का निदान करना मेरे लिए संभव नहीं है। आप अपना पूरा हाल लिखें अथवा कुछ दिनों के लिए बरेली आ जायें। यहाँ उपचार आदि की सुचारु व्यवस्था है।'

कृपा निर्देश करें कि पत्र भेजना ठीक होगा कि नहीं।

शेष कुशल।

भवदीय,
राजेन्द्र कुमार पंत (बरेली)

2-5-76

प्रिय कोहली जी,

24-4-76 के पत्र के लिए धन्यवाद। 'साथ सहा गया दुःख' पर उ. प्र. सरकार का प्रेमचन्द पुरस्कार पाने के लिए हार्दिक बधाइयाँ। मेरे खयाल से अब तक कई और भी पुरस्कार आप जीत चुके होते पर आपने शुरू में ही 'परिणति' की भूमिका में पुरस्कार दाताओं को इतने जोर से डाँटा था कि उनकी हिम्मत ही टूट गयी होगी। खैर! अब बिचारों का दिल न दुखाइयेगा।

पत्र से लगा कि 'शंबूक की हत्या' वाले केस का क्रोध अभी तक मेरे ऊपर है। वैसे मेरे जैसे अज्ञानी की धृष्टता को इतना महत्त्व देने से क्या लाभ ? गौर करने लायक बात तो यह है कि नंदकिशोर मित्तल (धर्मयुग, 25 अप्रैल) सरीखे विद्वानों की क्या प्रतिक्रिया हुई। लगता है आगे मुझे सिर्फ पुस्तकों के प्राप्ति स्वीकार की ही आज्ञा रहेगी।

'अतिमर्श' का क्या हुआ। 5 वें अंक के बाद मुझे कोई अंक ही नहीं मिला।

पिछले डेढ़ वर्ष में आपकी कोई रचना पढ़ने को नहीं मिली। दिल्ली विश्वविद्यालय में आयोजित व्यंग्य-विधा पर गोष्ठी में आपके सहयोग का समाचार पढ़ने को मिला तथा 'कादम्बिनी' में व्यंग्य के विषय में आपकी घोषणा पढ़ने को मिली। इसके अतिरिक्त कुछ पढ़ने को नहीं मिला। क्या कारण रहा ?

एक आश्चर्यजनक पर सुखद प्रतिक्रिया और पढ़ने को मिली। काफी पहले 'दीक्षा' पर डा. रामदरश मिश्र जी की सकारात्मक आलोचना किसी पत्रिका में पढ़ी थी। पर तब तक 'दीक्षा' पढ़ी नहीं थी इसलिए बात पूरी समझ में नहीं आयी थी।

अब 'अवसर' कब तक प्रकाशित होगी ? एक प्रति मुझे अवश्य भिजवा दें।

'दीक्षा' के कवर फ्लैप से मालूम हुआ कि प्रकाशित और प्रकाश्य पुस्तकों की संख्या अब 21 पर पहुँच गयी है। लगता है लेखन कार्य घनघोर गति से हो रहा है। पर यह तो बताइए कि इस अवस्था में भी स्नायु-तनाव न हो, शारीरिक स्वास्थ्य भी ठीक रहे और बड़ी बात कि गृहस्वामिनी मायके जाने की धमकी भी न दें इसकी क्या तरकीब आपने ईजाद की है। यह गुरु-मंत्र तो मुझे बता ही दीजिए।

आपने अपने पत्र में पूछा कि साड़ी का बिल किसे भेजा जायेगा। पढ़कर मैं तो स्तब्ध रह गया। किसी तरह विश्वास ही नहीं हुआ। पर बीवी ने फिर गौर से देखा और बोली कि नहीं–बिल ही लिखा है। तब यह दुखद सत्य हमारे सामने उजागर हुआ कि दिल्ली के नीच दुकानदार आपसे जेवर साड़ी जैसी छोटी-छोटी वस्तुओं की भी कीमत माँगते हैं और बिल पेश करते हैं। मैं पूछता हूँ कि दिल्ली के दुकानदारों में गुण-ग्राहकता, साहित्य, बोध, विद्वानों का सत्कार-सम्मान करने की प्रवृत्ति बिल्कुल ही समाप्त हो गयी है। क्या इनको नहीं मालूम कि इतने बड़े साहित्यकार की सेवा करने का अवसर हरेक को नहीं मिलता ? ठीक है, यदि यह लोग गौरव से वंचित ही रहना चाहते हैं तो मैं भी दूसरा चांस नहीं दूँगा। मैं स्वयं भी बिल पे कर सकता हूँ पर पहले मेरे साथ कई दुर्घटनाएँ हो चुकी हैं। अक्सर लोग मेरी गरीबी पर तरस खाकर मेरे चैक पर दो आँसू सहानुभूति के गिराते हैं और फिर 'लेखक के अभिवादन सहित' लिखकर वापस कर देते हैं। इसलिए मेरा सुझाव है कि आप बिल मेरी बीवी के पते पर भेज दें। वही हमारे घर में एक SOLVENT PARTY है। वैसे भी CLASS ONE के OFFICERS की DEALINGS आपस में ही ठीक रहती हैं।

शेष कुशल।

आपका,
राजेन्द्र कुमार पंत (बरेली)

16-10-76

प्रिय कोहली जी,

'अवसर' पढ़ने को मिली। 'दीक्षा' के ही अनुरूप यह पुस्तक भी बड़ी ही सुंदर लिखी गयी है। भाषा, विचार, तर्क प्रस्तुतीकरण सभी दृष्टि से यह पुस्तकें बहुत ही उच्च कोटि की हैं। दीखता है हिन्दी साहित्य में अपना विशिष्ट स्थान बनाये बगैर आप मानेंगे नहीं। बधाई स्वीकार करें।

भवदीय,

राजेन्द्र कुमार पंत (बरेली)

पुनश्च–ईश्वर आपके प्रकाशक की सुबुद्धि ऐसी ही बनाये रखें। अब की बार

तो उसने स्वयं ही पुस्तक भेज दी। इमरजेंसी से कुछ फायदा तो दीख ही रहा है।

रा. कु. प.

19-3-77

प्रिय कोहली जी,

'धर्मयुग' (20 ता.) में '76 के उपन्यास' शीर्षक से डा. विनय का लेख पढ़ा। बधाइयाँ। मुझको बहुत प्रसन्नता हुई—लगता है जो प्रशंसा और प्रतिष्ठा आपको बहुत पहले मिल जानी चाहिए थी अब मिलनी शुरू हो गयीं।

डा. विनय के लेख को मैं एकदम चौर-लेखन तो नहीं कहूँगा पर मुझे सन्देह है कि इन्होंने मेरी प्रतिक्रिया का पूर्वानुमान लगाकर ही यह लेख लिखा है। शुरू से आखिर तक सब वही बातें हैं जो मैं सोच रहा था। मेरी प्रतिक्रिया भी यही थी कि आपने भरत जी के साथ न्याय नहीं किया COVERAGE बहुत संक्षिप्त और असहानुभूतिपूर्ण रही। पर यहाँ के विद्वानों का मत था कि कोई भी लेखक समसामयिक परिवेश से प्रभावित हुए बिना रह नहीं सकता। पुस्तक इमरजेंसी पीरियड में प्रकाशित हुई थी अतएव विपक्षी नेताओं की अधिक चर्चा उचित नहीं थी—आंतरिक सुरक्षा को खतरा पैदा होने का डर रहता है।

अब आपकी अगली पुस्तक की प्रतीक्षा है। मैं विशेष रूप से यह देखने को उत्सुक हूँ कि शूर्पणखा की नाक वाले केस का आप किस तर्क से औचित्य सिद्ध करेंगे। मुझे सदा यह लगा कि उस भोली राजकुमारी के साथ ज्यादती हुई। उसने सिर्फ प्रणय-निवेदन ही तो किया था और यह कोई ऐसी बात तो नहीं हुई कि नाक ही काट दी जाये। तुलसी कृत रामायण में लक्ष्मण विवाहित माने गये—आपकी रामकथा में वह अविवाहित कुमार थे। अतएव इस प्रस्ताव में क्या गलत बात थी ? फिर उस सुन्दरी की सहनशीलता देखिए—धैर्य से नाक पर छुरी रेती जाती रही और झेलती रही। ऐसी नाखूनों वाली दूसरी अबला होती तो मुँह नोच लेती। 'मनोरमा' में आपकी बड़ी प्रशंसा पढ़ी थी—इधर हमारी पत्नी को तो देखिए—हमेशा हमारे बारे में सच बातें लोगों को बता देती हैं।

शेष कुशल।

आपका,

राजेन्द्र कुमार पंत (बरेली)

2-5-78

प्रिय कोहली जी,

आपका कृपापत्र कल मिला। स्टेशन के बुकस्टाल पर 'सारिका' (28-4-78 की)

समाप्त हो जाने के कारण नहीं मिल पायी। कहीं और से मिलने पर पढ़ा जायेगा। अधिकारिक साहित्यिक मत देने की योग्यता तो मुझमें नहीं है पर यदि LAYMANS REACTION जानने का आपको कौतूहल है तो मैं एकदम तत्पर हूँ।

पत्र इस कारण नहीं डाला क्योंकि मैं 'संघर्ष की ओर' की प्रतीक्षा में था। पर आश्चर्य की बात है कि मैं लगभग 8-10 दिन पहले आपके बारे में सोच ही रहा था और कल आपका पत्र मिला। शायद टैलीपैथी की बात एकदम गलत नहीं है।

अब आप गर्मियों में टाटानगर छुट्टियाँ बिताने जाने वाले होंगे। इसलिए अगला पत्र गर्मियों के बाद ही लिखेंगे। छुट्टियाँ तो शांति से बीतनी ही चाहिए।

आपका,
राजेन्द्र कुमार पंत (बरेली)

5-5-78

प्रिय कोहली जी,

आपका पत्र पाकर मुझे एक कविता याद आ रही है। भावार्थ है–'वैसे तो कोई बात नहीं, पर जब घर से चोर तक खाली हाथ लौटता है तो अपनी गरीबी पर वाकई शर्म महसूस होती है।' इस अनाम कवि के लिए मेरे दिल में बड़ा भ्रातृप्रेम उमड़ रहा है। हम दोनों एक ही दुःख से दुखी हैं।

पुस्तक भिजवाने से पहले आपका संकोच करना एवं अनुमति माँगना सर्वथा उचित है।

इधर लोग मेरे ऊपर लगातार जोर दबाव डाल रहे हैं कि सिर्फ 32 रु. में इतने बड़े लेखक की इतनी उच्च कोटि की कृति। मुफ्त का सौदा है ले लो।

खैर ! मैं अभी से चंदा जमा करना शुरू करता हूँ। आप प्रकाशक को अभय करें–वी. पी. छूटेगी और अवश्य छूटेगी।

लगभग डेढ़ साल से मैंने 'धर्मयुग' लेना बन्द कर दिया है। 'इलस्ट्रेटेड वीकली' लेता हूँ। संयोग ही समझिये कि 4-5 दिन पहले 'धर्मयुग' की एक प्रति ली तो आपकी 'किष्किंधा' (समापन किस्त) पढ़ी। मुझे इसमें कुछ विसंगति लगती है। पर क्या मेरा कुछ कहना ठीक होगा ?

प्रयत्न करने पर भी मुझे सारिका (28 अप्रैल) नहीं मिली। खैर, अब पुस्तक ही पढ़ी जायेगी।

और स्वास्थ्य के क्या हाल-चाल हैं ? आशा है राम-कथा के चक्कर में शरीर पर अत्याचार नहीं हो रहा होगा।

मेरा सुझाव है कि अगस्त में, अर्थात् गर्मी समाप्त होने पर और वर्षा शुरू होने

पर, एक चक्कर बरेली का लगाइये। शायद आप थोड़ा रिलैक्स हो सकें और मेरे बारे में जो भी भ्रम होंगे निश्चित रूप से दूर हो जायेंगे। तो, बात पक्की रही ?

आपका,
राजेन्द्र कुमार पंत (बरेली)

23-9-81

प्रिय कोहली जी,

आपके बहुमूल्य समय का इस प्रकार दुरुपयोग करने के लिए क्षमाप्रार्थी हूँ। पर दूसरा कोई उपाय दीखा नहीं, इसलिए मजबूरी में कष्ट दे रहा हूँ। मैं संत एकनाथ लिखित रामायण का हिन्दी अनुवाद पढ़ना चाहता हूँ। यह कहाँ मिलेगा और लगभग क्या मूल्य होगा ? काफी मोटी पुस्तक होगी क्योंकि जहाँ तुलसीदास जी केवल 5000 दोहों की पाकेट रामायण बनाकर ही संतुष्ट हो गये थे, एकनाथ महाराज ने 45000 श्लोकों से पहले लेखनी रोकी ही नहीं।

क्या आदिवासियों वाली बात से आप वास्तव में संतुष्ट हैं या कवि की सुन्दर कल्पना वाली बात है ? और ऋषि मुनि लोगों के बारे में आपकी राय इतनी उदार क्यों है ? विश्वामित्र जी के ऊपर आप विशेष कृपालु हैं, इसलिए गुरु वशिष्ठ के पुत्रों का वध तथा मेनका के साथ प्रेम क्रीड़ा, हरिश्चंद्र उत्पीड़न आदि बातों का जिक्र मैं नहीं करूँगा। ऋष्यश्रृंग जी के सिलसिले में क्या बचाव दिया जाये और वह कौन से महात्मा थे जो नाव में जाते समय मत्स्यगंधा नामक कुमारी कन्या (वह बेचारी भी आदिवासी ही थी) के ऊपर एकाएक कृपा कर बैठे थे ?

यह गलतियाँ मेरी निगाह में बुरी तो हैं पर पश्चात्ताप और दंड के बाद क्षमायोग्य हैं। पर वह सामाजिक व्यवस्था जिसमें ऐसे गंदे कामों के बाद भी अन्य ऋषि-मुनि धिक्कार का एक शब्द भी न निकालें निश्चय ही निंदनीय है। संभव है यह बातें आम हों इसलिए किसी ने उनका सामाजिक बहिष्कार या निंदा प्रस्ताव वाली बात सोची ही न हो।

पत्र फिर लंबा हो रहा है। कृपया 'भावार्थ रामायण' का पता अवश्य भेज दें।

आपका,
राजेन्द्र कुमार पंत (बरेली)

4-10-81

प्रिय कोहली जी,

पत्रोत्तर के लिए धन्यवाद। देखा गया है कि जब अपनी जात बिरादरी की बात

होती है तो लोग दोषों को ऐसा छोटा करके दिखाते हैं मानो एकदम महत्व ही न रखते हों।

वैसे मुझे और मेरी पत्नी को पहले से ही कुछ सन्देह तो था पर अब तो पक्का विश्वास हो गया है कि आप पूर्व जन्म के कोई ऋषि-मुनि ही हैं। जिस तरह से आपने ऋषियों के ऊपर लगाये अभियोग एकदम मखमल से ढक दिये हैं और बात का रुख एकदम दूसरी तरफ मोड़ दिया, उससे हमारे विश्वास की पुष्टि ही हुई। ऋषि पराशर आपको एक स्तुत्य प्रेमी लगे। साठ हज़ार वर्ष तपस्या करके लौटते समय उन्होंने वास्तव में एक अनुकरणीय प्रेम का उदाहरण प्रस्तुत किया ? पर आपका ऋषि-मुनियों से पूर्व संबंध का ज्ञान होने से एक नयी उलझन पैदा हो गयी है। मेरी पत्नी कह रही है—प्रत्युत्तर न दो, कोहली जी से वाद विवाद न करो। उसने, काक भुशुण्डि जी जब ब्राह्मण वंश में उत्पन्न होकर लोमश ऋषि से वाद-विवाद करते थे, वह घटना मुझे सुनाई। क्रोध में आकर ऋषि श्रेष्ठ ने कहा—मूढ़ परम सिख देऊं न मानसि/उत्तर प्रत्युत्तर बहु आनसि/शठ सपक्ष तब हृदयविशाला/सपदि होउ पक्षी चण्डाला। भयत्रस्त आँख में आँसू भरे, वह कह रही है अब कौए का पिंजड़ा लिए कहाँ SHOPPING को जाऊँगी, कैसे पिक्चर देखूँगी और इस इलाके में कौए लोगों की मेडिकल प्रैक्टिस की भी परंपरा नहीं है। बात रोज़ी रोटी तक पहुँची दीख रही है। इसलिए यदि मुनिवर के क्रोध और श्राप का अभयदान मिले तो आगे बात बढ़ाऊँ, अन्यथा पत्र यहीं समाप्त समझिए।

आपने जो पौराणिक साहित्य की ओर मेरे झुकाव की चर्चा की है, तो सत्य बात तो यह है कि इस संबंध में मेरा ज्ञान इतना अल्प है कि ज़िकर करते भी लज्जा आती है। मेरे पिताजी प्रोफेसर थे—हिंदी-संस्कृत के अच्छे विद्वान् थे—इसलिए घर में अक्सर चर्चा होती रहती थी। परन्तु इस पृष्ठभूमि तथा सुअवसर के बावजूद, मेरी चिरस्थायी अज्ञता को देख देखकर, पिताजी के परिचित अब तक कभी-कभी दुखी होकर आँसू बहाने लगते हैं।

थोड़ी सी शिकायत अपने पत्र के उत्तर के संबंध में है। मेरी शिकायत यह नहीं थी कि कुछ ऋषियों ने क्यों प्रेम किया ? एक चतुर वकील की तरह आपने मुख्य बात से EMPHASIS हटा कर, कुछ नयी बातें खड़ी कर दीं। मैं तो ऋषियों की बनाई उस व्यवस्था की शिकायत कर रहा था जिसमें ऋषियों को दुष्कर्म करने के पश्चात् न ईश्वरीय कोप का डर था, न राजा के दंड का डर था और न समाज की भर्त्सना का। ऐसी अवस्था में न केवल थोड़े से गिने-चुने ऋषि दोषी थे बल्कि वह ऋषि-समाज, जो ऐसे कुकृत्यों को देखकर भी अनदेखा कर देता था। मुझे अभी तक एक भी ग्रन्थ में दोषी मुनियों की भर्त्सना का एक भी शब्द पढ़ने को नहीं मिला। क्या यह उचित है ?

अब कुछ आदिवासियों के बारे में। आज के युग में, जब मानव-अधिकार, समाजवाद आदि अनेक बड़ी-बड़ी बातें की जाती हैं, तब तक भी वास्तविक अर्थों में तो आदिवासी, शूद्रों आदि के लिए लगभग कुछ नहीं के बराबर किया गया है, तो उस समय जबकि युगधर्म शुद्ध राजतंत्र था, वर्ण व्यवस्था की जड़ें गहरी जम चुकी थीं—भला शूद्रों आदि के लिए सोचता ही कौन था। रामायण पढ़ने पर स्पष्ट दीखता है कि न केवल शूद्रों को नीचा समझा जाता था बल्कि स्थिति इतनी खराब थी कि शूद्र भी अपने को स्वयं नीच समझते थे। आज्ञा हो तो मैं उदाहरण दे दूँ, पर आपने रामायण का गहन अध्ययन किया है—आप स्वयं ही परिचित होंगे। रामराज्य में नीची जातियों के उत्थान के लिए कितना कार्य हुआ, यह एक उदाहरण से स्पष्ट हो जायेगा। उत्तर कांड में प्रसंग आता है कि एक ब्राह्मण का पुत्र असमय में मर गया। असाधारण बात थी, अतः राजदरबार में फरियाद की। श्रीराम जी चिन्तित हुए। आगे का हाल तुलसीदास जी के ही शब्दों में—

प्रभु चित देख गगन भई बानी/ शूद्र तपै सुनु शारंगपानी
जाहि भाँति द्विज सुत मृतक सुनि, रथ साजि प्रभु आतुर चले।
पुनि क्रोध संयुत विशिख छांडयो/शूद्र को शिर कट गिर्‌यो।

तपस्या तक करना शूद्र के लिए ऐसा अपराध था रामराज्य में और उस युग में दलितों के उत्थान की बात करना, कुछ असंगत सा लगता है।

वास्तव में मेरे जैसे अज्ञानी को आप जैसे पंडितों के समक्ष चुप रहना चाहिए। पर काक भुशुण्डि जी कलिकाल वर्णन में पहले ही बता चुके थे—

'मारग सोइ जाकहं जो भावा/पंडित सो जो गाल बजावा।' बहुत हुआ—अब समाप्त करता हूँ। सेवक की पत्नी का ध्यान रखें—बेचारी बहुत चिन्तित है।

आशा है आप सानंद एवं स्वस्थ होंगे।

विनीत

राजेन्द्र कुमार पंत (बरेली)

पुनश्च—आपके मित्रों में किसी के पास शास्त्रीय संगीत के टेप हैं ? यदि हों, तो उसको कुछ दिन के लिए उधार देने को आप राजी कर सकते हैं। या मैं यहाँ से कैसेट भेज दूँ और वहाँ RECORD कर दिये जायें।

रा. कु. प.

10-11-81

प्रिय कोहली जी,

आपका दिनांक 20-10-81 का कृपापत्र मिला। आपने मेरे पत्र में उल्लिखित

सभी प्रश्नों का यथोचित उत्तर दे ही दिया था। सज्जनता का तकाज़ा था कि अब मुझे चुप बैठ जाना चाहिए था। पर देखा तो एक जगह आपने प्रश्न चिह्न लगा रखा था और एक जगह उद्धरण की पुष्टि के लिए उसका उद्‌गम स्थान पूछा था। डूबते को तिनके का सहारा मिला और सेवक बोर कर्म में उसी समर्पित भाव से सेवारत है।

मुनि पराशर की 60 हजार साल तपस्या तथा उसके समापन वाला प्रसंग मैंने पूज्यपाद रामचंद्र डोंगरे महाराज लिखित 'भागवत रहस्य' मूल गुजराती के हिन्दी अनुवाद में पढ़ा था। मैंने चैक कर लिया है—ठीक लिखा है।

शूद्रवध वाला प्रसंग मैंने नवलकिशोर प्रेस द्वारा प्रकाशित तुलसी रामायण पृ. 1058; संस्करण 13वें में पढ़ा था। उसमें एक भूल सुधार करना है कि यह सातवें नहीं, आठवें कांड में वर्णित है। वैसे किसी भी आठों कांड वाली रामायण में इन दोहों को देखा जा सकता है। सरस्वती वदंन के बाद का 63, 65, 66वां दोहा मैंने लिखा था।

वैसे अक्सर मेरे रामायण के दोहे उद्धृत करने पर लोग शंकित हो उठते हैं क्योंकि अक्सर वह गीता-प्रेस वाली रामायण में मिलते नहीं। मेरे विचार से शायद कहीं न कहीं कुछ गड़बड़ है। आप रामायण के अधिकारी विद्वान् हैं इसलिए आशा हो तो कुछ निवेदन करूँ। काफी समय पहले 'कल्याण' का एक रामचरित मानस का 'मानसांक' निकला। बाद में उसी को पुस्तकाकार में बड़े साइज में तथा गुटका साइज में प्रकाशित किया गया। सस्ता होने के कारण अब तक लाखों प्रतियाँ बिकीं। गीता प्रेस का प्रकाशन होने के कारण एकदम प्रमाणित माना गया—किसी ने सपने में भी शंका नहीं उठाई।

आपके दासानुदास ने पूर्व-प्रकाशित तथा गीता प्रेस वाली रामायणों को मिला कर देखा तो ज्ञात हुआ कि लगभग 20 प्रतिशत दोहे संशोधन व परिष्कार के नाम पर साफ हो गये। शुरू के सात कांडों में हर पेज में 4-5 दोहे साफ हैं। आठवाँ कांड गीता प्रेस से प्रकाशित मेरी रामायण में है ही नहीं। यह कहा जा सकता है कि पूर्व प्रकाशित रामायणों में कुछ अनाधिकारिक दोहे आ गये होंगे वही विद्वानों ने सुधार दिये हों। पर आप स्वयं ही निर्णय कीजिए कि किसके सही या गलत होने की संभावना अधिक है।

उदाहरण के लिए सीताहरण वाला प्रसंग ले रहा हूँ। वाल्मीकि रामायण में भी यही दिया है तथा वैसे भी घटनाक्रम सर्वविदित ही है कि सीताजी ने जब लक्ष्मण जी को भेजा तो उन्होंने एक रेखा खींची, सीताजी के भीख देने पर रावण ने बँधी भीख लेने से इन्कार किया और रेखा लाँघने पर ही सीताहरण संभव हुआ। नीचे मैं पूर्व प्रकाशित रामायण के दोहे लिख रहा हूँ—इनमें लाल निशान—वाले दोहे गीता प्रेस वाली रामायण में गायब हैं।

जाहु वेगि संकट अति भ्राता। लछिमन विहंसि कहा सुनु माता।
भृकुटि विलास सृष्टि लय होहि। सपनेहू संकट परइ कि सोई।
—सौंपि गये मोहि रघुवर थाती। जो तजि जाऊँ तोष नहीं छाती।
—यह जिय जानि सुनहुँ मम माता। पूछब कहब कौन मैं बाता।
मरम वचन जब सीता बोला। हरि प्रेरित लछिमन मन डोला।
—चहुँ दिशि रेख खंचाई अहीशा। बारहिंबार नाद पद शीशा।
वन दिसि देव सौंपि सब काहू। चले जहाँ रावन ससि राहू।
—चितव लषण फिरि सीतहिं कैसे। तजत वत्स निज मातहिं जैसे।
—एक डरत उर राम के , दूसर सीय अकेलि।
लषण तेज बन हत भवो, जिमि दाढ़ी दवबेलि।
सून बीच दसकंधर देखा। आवा निकट जती कें बेषा।
जाके डर सुर असुर डेराहीं। निसि न नींद दिन अन्न न खाहीं।
सो दससीस स्वान की नाई। इत उत चिंवई चला भड़िहाई।
इमि कुपंथ पगदेस खगेसा। रह न तेज, तन, बुधि बल लेसा।
—करि अनेक विधि छल चतुराई। माँगेसि भीख दशानन जाई।
—अतिथि जान सिय कंदमूल फल। देन लगीं तेई, कीन बहुरि छल।
—कह दशमुखसुनु सुन्दरि बानी। बाँधी भीख न लेउँ सयानी।
—विधिगति वाम, काल कठिनाई। रेख लाँघि सिय बाहर आई।

मेरा खयाल है कि जिसने भी प्रारंभ में मानसांक में काट-छाँट शुरू की, उसे रामायण की सही पकड़ थी ही नहीं। भला लक्ष्मण रेखा वाला प्रसंग भी काटा जा सकता है ? संभव हो तो पं. नरेन्द्र कोहली जी के संरक्षण में एक प्रामाणिक रामायण (तुलसी कृत) प्रकाशित कराइए।

इधर घर वालों ने मेरा घिराव कर दिया है—उनका कहना है कि तुम जैसे अज्ञ का कोहली जी जैसे विद्वान् से मानस चर्चा करना मानो सूर्य को दीपक दिखाना है। मैं स्वयं भी इस बात से सहमत हूँ। लगता है दीपक ने काफी धृष्टता की और सूर्य ने काफी दुख झेला। आज्ञा हो तो दीपक बुझा दूँ।

आशा है आप सानंद एवं स्वस्थ होंगे।

विनीत,
राजेन्द्र कुमार पंत (बरेली)

13-1-82

प्रिय कोहली जी,

आपका नववर्ष की शुभकामना वाला पत्र कल मिला। आभार। शेष वर्ष के

लिए सेवकीय शुभकामनाएँ स्वीकार कीजिए। आपका पत्र लिखने-पढ़ने का मूड नहीं है, इसलिए बड़ी अनिच्छापूर्वक पत्र यहीं समाप्त कर रहा हूँ, वरना आपने किसी भले आदमी को इतना संक्षिप्त पत्र लिखते देखा ?

शेष कुशल।

विनीत,
राजेन्द्र कुमार पंत (बरेली)

31-1-82

प्रिय कोहली जी,

दिनांक 19 के कृपापत्र का आभार। मुझे सदैव से यह संदेह रहा कि हिन्दी जगत् मेरे अज्ञान को बनाये रखने के लिए सतत प्रयत्नशील है। जहाँ कोई अच्छी पुस्तक निकली और लोग ऐसा षड्यंत्र करते हैं कि मुझे उसकी हवा भी न लगे। यही बात 'अभिज्ञान' के केस में भी हुई। पर औरों की बात छोड़िए आप तो मेरे ऊपर वड़े कृपालु हैं और स्वभाव से बड़े अज्ञ वत्सल भी हैं—संभव हो तो प्रकाशक को एंक प्रति वी. पी. से भेजने का निर्देश दे दीजिए। पर ठहरिये—याद पड़ता है एक बार आपके एक प्रकाशक को, आपकी पुस्तक का मूल्य कुछ अधिक होने के कारण, मेरी वी. पी. छुड़ाने की क्षमता पर सन्देह हुआ था। बात सही थी, इसलिए लगभग बुरी लगने ही वाली थी कि मैं टाल गया। इस बार आप प्रकाशक महोदय से ज़रा सख़्ती से पेश आयें और कह दें कि अब वह पहले वाली बात नहीं है—पंत जी की वी. पी. छुड़ाने की स्थिति बड़ी ही सुदृढ़ है। आंतरिक बात यह है कि हमारे इलाके का नया डाकिया हमारे ऊपर बड़ा मेहरबान है और वी. पी. का मूल्य साल भर की किश्तों में भी लेना स्वीकार कर लेता है। हद तो यह है कि एकाध बार हमारे वी. पी. अस्वीकार करने पर उस ग़रीबनवाज ने खुद पेमेन्ट करके वी. पी. हमें दे दी। तो 'अभिज्ञान' पाने की आशा करूँ ?

शेष कुशल।

विनीत,
राजेन्द्र कुमार पंत (बरेली)

12-2-82

प्रिय कोहली जी,

'अभिज्ञान' कल मिल गयी। जल्दी-जल्दी 20 पृष्ठ भी पढ़ लिए हैं। आमतौर पर

गीता की चर्चा होने पर 'कर्मण्येवाधिकारस्ते' 'जातस्य हि ध्रुवो', 'नैनं छिन्दन्ति' या 'यदा यदा हि धर्मस्य' आदि 10-15 श्लोक हैं जिनकी व्याख्या करके श्रोता या पाठकों को विद्वान् लोग दुखी करते हैं। पर 'अभिज्ञान' के 12वें पृष्ठ पर सुदामा के मुख से आपने गीता के तीसरे अध्याय का 35वां श्लोक 'श्रेयान् स्वधर्मो विगुणः परधर्मा-त्स्वनुष्ठितात्' का भावार्थ कहलवा कर बात शुरू की है। यह एक सुखद आश्चर्य रहा। उपर्युक्त श्लोक अपेक्षाकृत अचर्चित रहा और इसका महत्त्व काफी गहरे चिंतन मनन के बाद ही समझ में आता है। इसको केन्द्र बिन्दु बनाकर लिखने से प्रतीत होता है कि गीता पर भी आपका अधिकार साधारण से अधिक ही होगा।

लगता है कि ज्ञानार्जन के लिए हमें अब दिल्ली आना ही पड़ेगा। कृपया लिखें कि आश्रम में विद्यार्थियों के भोजन तथा आवास की क्यां व्यवस्था है।

शेष कुशल।

आपका,
राजेन्द्र कुमार पंत (बरेली)

26-2-82

प्रिय कोहली जी,

'अभिज्ञान' पढ़ ली। आप अच्छे लेखक हैं यह बात तो मानी हुई है पर जिस विलक्षण प्रतिभा का परिचय इस पुस्तक से मिला वह अनुभव अप्रत्याशित और आश्चर्यजनक ही रहा। गीता मैं काफी पढ़ चुका हूँ, टीकाएँ भी पढ़ी हैं पर आपने गीता के कुछ श्लोकों की जैसी व्याख्या की है उसे पढ़कर एक नयी दृष्टि, एक नया सोचने का रास्ता मिला। पिछला पढ़ा-लिखा एकदम अपूर्ण, लगभग बचकाना मालूम होने लगा। वाद-विवाद वाले अंशों में जीवन के व्यावहारिक दर्शन की आपकी पकड़ अनोखी है। लगभग अकाट्य से लगने वाले तर्क और उनका प्रत्युत्तर—सब कुछ अनपेक्षित और बुद्धि को चकरा देने वाला लगा। बहुत दिनों बाद एक ऐसी पुस्तक पढ़ने को मिली जो दिल-दिमाग पर जैसे छा जाती है।

मेरा अभिनंदन, अभिवादन स्वीकार करें।

आपका,
राजेन्द्र कुमार पंत (बरेली)

28-11-83

प्रिय कोहली जी,

इस मध्य कई बार आपको पत्र लिखने की इच्छा हुई पर पत्नी की नाराज़गी के

डर से नहीं लिख पाया। वैसे वह कोई ज्यादती वाली बात नहीं करती है पर इस मामले में वह जरा सख्त है कि निरपराध किसी को न सताया जाये। अब आपका पत्र आने पर बड़ी मुश्किल से समझा पाया हूँ कि पत्रोत्तर न देना तो सरासर अशिष्टता होगी, तब कहीं यह सुयोग बन पाया है।

आपने नया मकान मोल ले लिया और पुराना मकान छोड़ दिया, यह तो ठीक ही है और बहुत बधाइयें स्वीकार कीजिए। पर इस तरह से अगर आप हर गलत और सही परिचित को अपना नया पता बताते रहे तो मकान बदलने का फायदा ही क्या हुआ। हमारे एक मित्र थे। वे बोरों से परेशान होकर हर साल मकान बदलते थे और पत्र द्वारा सभी अवांछनीय मित्रों को सूचित करते कि पुराना मकान छोड़ दिया है स्थायी रूप से नया मकान मिलते ही आपको पत्र द्वारा सूचित करूँगा। एक दूसरे मित्र थे जो हर घर बदलने के बाद इस किस्म के लोगों से बचने के लिए नया पता स्टैंडर्ड प्रैक्टिस के रूप में –'1, सफदरजंग रोड, नई दिल्ली' देते थे। आपके इस पत्र के भूल सुधार परिशिष्ट की प्रतीक्षा रहेगी।

लगता है कि आप अपनी साहित्यिक विजय पताका कश्मीर से कन्याकुमारी तक फहराए बिना मानेंगे नहीं। अखबार में पढ़ा कि 'हरदा' में आपने लोगों को सम्मोहित कर दिया। जब छोटी जगहों पर यह हाल है तो महानगरों का क्या हाल होगा ? हमारे छोटे से गाँव बरेली को ही लीजिए–एक इण्टर कालेज की पत्रिका देखने को मिली। हर पृष्ठ के नीचे महापुरुषों की उक्तियाँ छपी हुई थीं। गौर से देखा तो उपन्यासकार नरेन्द्र कोहली भी उस महामानवों की पंक्ति में खड़े मुस्करा रहे हैं। प्रमाण के लिए 2-3 कटिंग्स संलग्न कर रहा हूँ।* जब प्रिंसिपल के माध्यम से मैंने सम्पादक को उसकी सही चयन बुद्धि के लिए बधाई कहलवाई तो वक्त की सितमगरी तो देखिए–उसने मुझसे अधिक ज्ञानवर्धन के लिए 'दीक्षा' पढ़ने की सलाह दी।

और हिन्दी विश्व सम्मेलन में क्या रहा–लिखियेगा।

आशा है आप स्वस्थ एवं प्रसन्न होंगे।

भवदीय,

राजेन्द्र कुमार पंत (बरेली)

*○ क्रोध प्रीति का नाश करता है।–भगवान् महावीर

○ घृणा, द्वेष और ईर्ष्या विकास में बाधक हैं।–कार्ल मार्क्स

○ 'आदर्श शासन-व्यवस्था वह है जो स्वयं नागरिक तक पहुँच कर उससे पूछती है, तुम्हें क्या कष्ट है ?' जिस शासन-व्यवस्था को स्वयं परिवाद लेकर शासन तक पहुँचना पड़ता है, वह आदर्श-व्यवस्था नहीं

होती।–उपन्यासकार नरेन्द्र कोहली

- प्रजा न तो कायर होती है, न आलसी, पर उचित नेतृत्व का निरन्तर अभाव उसे कायर और आलसी ही नहीं, अत्याचार और अन्याय के प्रति सहिष्णु भी बना देता है।–उपन्यासकार नरेन्द्र कोहली
- कर्म करने में तुम्हारा अधिकार है, फल में नहीं।–गीता
- सब प्राणियों के कल्याण की भावना सच्चा धर्म है।–भगवान् बुद्ध

8-4-76

प्रियवर,

नमस्कार।

अखबार में पढ़कर, कि उत्तर प्रदेश सरकार ने 'साथ सहा गया दुख' को पुरस्कृत किया है, बड़ी खुशी हुई। मैंने शायद आपसे कभी पहले भी कहा हो, उत्तर प्रदेश सरकार उत्तर प्रदेश सरकार ही है। यह वैसे ही है, जैसे कि राम-रावण युद्ध को बुजुर्गों ने राम-रावण युद्ध ही कहा है। पंजाब सरकार में वह बात नहीं।

यह उपन्यास मैंने पढ़ा था। यह वही है न, जिसमें साथ सहे गये दुख का वर्णन है ? दूसरे शब्दों में, जिसमें अकेले सहे गये दुख का वर्णन नहीं है ? वही होगा। अब एक 'अकेले सहा गया दुख' नाम से भी कोई उपन्यास लिखिए और उत्तर प्रदेश सरकार से पुरस्कृत होइए।

बहरहाल, मुझे बड़ी खुशी हुई। इतनी खुशी तो शायद उपन्यास को पढ़कर भी नहीं हुई होगी। अखबार के उस समाचार विशेष की उस पंक्ति विशेष को रेखांकित कर लिया है। कटिंग भी काटकर रख ली है, ताकि सनद रहे और वक्त जरूरत काम आये।

बाकी ठीक है। परीक्षाएँ दे रहा हूँ। यानि कि बकौल कहावत के–चढ़ जा बेटा सूली पर, राम भली करेंगे। कृपा रही, तो सब ठीक ही होगा। परिश्रम के साथ-साथ, सफलता के लिए, मैं गुरुजनों की कृपा भी आवश्यक मानता हूँ और जहाँ तक मैं समझता हूँ, कबीरदास का भी यही विचार था–और इस दृष्टि से कबीर मेरे समकक्ष ठहरते हैं। इस तुलना से तुलनात्मक पद्धति के महान् आलोचक पद्मसिंह शर्मा की और कबीरदास की भी, आत्मा को काफी बल मिला होगा। मेरी को तो खैर, मिला ही मिला है। काम ऐसा ही करना चाहिए, जिससे कि दूसरों का भी भला हो और अपना भी।

शेष फिर।

समाचार विशेष से खुश,

आपका,

सुरेश कांत

पुनश्च—पत्र लैटर-बाक्स में डालने से पूर्व, विडंबना देखिए कि वह समाचार विशेष मैं आगे तक पढ़ बैठा और परिणाम यह हुआ कि सारा उत्साह बैठ गया—जब मैंने पाया कि पुरस्कृत तो डा. बालकृष्ण (जी) अकिंचन भी हो गये।

अकिंचन लोगों का भविष्य काफी उज्ज्वल दीखता है, श्रीमन्। सोचता हूँ—समय रहते मैं भी अकिंचनाई पर उतर लूँ। समय हाथ से निकल गया, तो फिर पछताना ही शेष रह जाएगा।

अकिंचन बनने की दिशा में कुछ सुझाव देना चाहें, तो स्वागत करूँगा।

अकिंचन होने का इच्छुक
सु. कां.

20-7-77

मान्यवर,

सबसे पहले माँगता हूँ माफी कि नहीं आ सका गोष्ठी में और नहीं सुना सका अपनी व्यंग्य रचना और फलस्वरूप, स्थिति आजकल यह है कि मैं आजकल अपराध भावना से ग्रस्त हूँ। यह कार्यक्रम कुछ दिन और जारी रहने की संभावना है। वस्तुतः मुझे कोई अधिकार नहीं था आप लोगों को अपनी महान् (व्यंग्य) रचना के रसास्वादन से वंचित रखने का। पर उसके पीछे, जैसा कि अंडरस्टुड है, एक बड़ा कारण कारण था जो यहाँ इसलिए नहीं लिख पा रहा हूँ कि पत्र छोटा है और बात बड़ी। दूसरे शब्दों में, लिखूँगा तो छोटे पत्र बड़ी बात हो जायेगी। बहरहाल, समय मिलते ही मय रचना के उपस्थित होऊँगा। आप उसे एक नज़र देख लेंगे।

कुछ समय पूर्व मैंने आपको पुस्तकों की एक सूची दी थी। यदि वे उपलब्ध हो गयी हों, तो बेहतर है, अन्यथा स्थगित कर दें, क्योंकि वे पुस्तकें हिन्दी बुक सेंटर पर उपलब्ध हैं और उनमें से कुछ मैं ले भी आया हूँ।

आशा है, स्वस्थ सानंद होंगे। दूरदर्शन पर महान् फिल्म देखी होगी।

क्षमाप्रार्थी
सुरेश कांत (नयी दिल्ली)

7-4-78

आदरणीय सर,

नमस्ते।

आपका पत्र मिल गया है और स्थिति यह है कि आपके प्रति कुछ उद्‌गार प्रकट करने का मन हो रहा है।

लेखन के लिए प्रेरणा और प्रोत्साहन तो मुझे आपसे मिला ही मिला, पर उससे भी बढ़कर जो आत्मीयता और स्नेह वगैरह मुझे आपके यहाँ से प्राप्त हुआ है, वह मेरी बहुत बड़ी उपलब्धि है और उसके लिए मैं मि. हरि का तहे दिल से शुक्रगुजार हूँ, क्योंकि बकौल तुलसी–

बिनु हरि-कृपा मिलहिं नहिं संता

इधर जरा परीक्षा की प्रतीक्षा में दुबला हुआ जा रहा हूँ। आपका आशीर्वाद तो खैर, हम लोगों के साथ है ही।

आदर सहित,

आपका,

सुरेश कांत (नयी दिल्ली)

पुनश्च–'धर्मयुग' में आपके उपन्यास के जो अंश प्रकाशित होने जा रहे हैं, उसके लिए बधाई स्वीकारें।

सु. कां.

4-78

आदरणीय सर,

नमस्ते।

आपके आशीर्वाद से, जून अथवा जुलाई से हम लोग एक मासिक पत्रिका निकालने जा रहे हैं, जिसका संक्षिप्त विवरण इस प्रकार है–आकार 8"×5" पृष्ठ 60 से 70 के मध्य। मूल्य प्रति अंक एक रुपया, वार्षिक 10 रु.। संपादक–यह ख़ाकसार। सहयोग–राजेश तथा उमेशकुमार सोई। प्रबंध–रमेशचंद्र गुप्त तथा उनके एक परिचित। आदि।

नाम 'हालात' रखा है। यों नाम कुछ और भी हो सकता था–मसलन प्रेमचंद के 'हंस' की तर्ज पर 'बत्तख', 'बगुला' या 'जलमुर्गाबी' आदि, पर हालात कुछ ऐसे जान पड़े कि पत्रिका का नाम 'हालात' रख देना पड़ा।

सारी तैयारियाँ हो चुकी हैं। स्थिति यह है कि पत्रिका कम से कम एक वर्ष तक तो अवश्य ही खिंच जायेगी। कोशिश होगी कि आगे भी चलती रहे। बाकी ऊपर वाला जाने।

बहरहाल, पत्रिका में आपका एक स्तंभ रहेगा–नवागत लेखकों के प्रशिक्षण से संबंधित। कृपया तैयार रहें। कुछ ग्राहक जुटाने का काम भी आप अपने शिष्यों के लिए करना चाहेंगे, सो रसीदें अति शीघ्र सेवा में प्रस्तुत हो जायेंगी।

पत्रिका यथासंभव लेखक-मंडल से जोड़कर रखी जायेगी। आपके सहयोग और

आशीर्वाद के बिना बात बन भी कैसे सकती थी। परीक्षा के बाद दर्शन करूँगा, तब तक कुछ दिशा-निर्देश (बल्कि आदेश) देना चाहें, तो सदा प्रस्तुत हूँ।

आदर सहित,

आपका,
सुरेश कांत (नयी दिल्ली)

4-4-80

आदरणीय डा. साहब,

सादर नमस्कार।

आशा है, यह पत्र आपको सपरिवार सकुशल पायेगा। 13 मार्च की शाम को मैं बंबई पहुँच गया था। नये माहौल और नयी परिस्थितियों में पहले जरा अजीब सा तो लगा, पर बाद में सब ठीक हो गया। अब हालत यह है कि 'बंबई का बाबू' की तर्ज पर मैं 'बंबई का अफसर' बना हुआ हूँ और अफसरी झाड़ रहा हूँ। बैंक के अन्य अफसरों के साथ स्थिति अलबत्ता यह है कि उनकी अफसरी उनके मातहत ही झाड़ देते हैं। जहाँ तक मेरा सवाल है, अपने निजी कार्यों के लिए दूसरों पर निर्भर न रहना मेरी पुरानी आदत रही।

इधर मैंने रामकथा पर आधारित आपका वृहद् उपन्यास भी पढ़ा। स्थिति कुछ इस प्रकार रही कि पहले तो मैंने 'दीक्षा' ली। उससे मुझे यह 'अवसर' प्राप्त हुआ कि मैं 'संघर्ष की ओर' अग्रसर हो सका और फिर तो, इस सदी के दो महान् 'युद्धों' में उलझने से मैं स्वयं को नहीं बचा पाया और अब यह स्वीकारने में मुझे कोई संकोच नहीं है कि एक लंबे अर्से तक मैं स्वयं को एक बेहतरीन कृति से वंचित किये रहा। तथापि, यह शायद दुरुस्त ही रहा, कारण कि किसी भी कार्य को दुरुस्त ढंग से निपटाने के लिए उसे देर से निपटाया जाना सदा से आवश्यक रहता आया है। 'देर आयद, दुरुस्त आयद' नामक कहावत मेरी इस बात से भली-भाँति प्रमाणित हो जाती है।

यद्यपि पक्षियों जैसी कोई विशेषता मुझमें संभवतः नहीं पायी जाती, तथापि बंबई शहर का विहगावलोकन करने में मैं अब तक कामयाब रहा। स्टीम बोट द्वारा समुद्र पार करके एलीफेंटा की गुफाएँ मैंने देखीं। गुफाओं की तुलना में समुद्री यात्रा ज्यादा रोमांचक रही। जुहू-बीच भी मैं गया। औरों की देखादेखी चौपाटी पर जूते उतारकर हाथ में ले समुद्र के पानी में चहलकदमी करने की रस्म भी मैंने अदा की। कुछ नितांत व्यक्तिगत कारणों से मैं बीच समुद्र में जाकर नहीं टहल पाया, जिसका कि मेरे और समुद्र के अलावा अन्य अनेक को ताजिंदगी अफसोस रहेगा। मेरीन ड्राइव पर

घंटों घूमता रहा—वहाँ बने आलीशान होटलों में जाने का अलबत्ता मुझे समय नहीं मिल पाया। चौपाटी पर भेलपूरी खाकर मैं पर्याप्त आश्चर्यचकित हो सका। इस वस्तु-विशेष के नाम से जो तस्वीर मेरे जैसे भले आदमियों की आँखों के सामने बन सकती है, उसके यह सर्वथा विपरीत है। एक कागज में कुछ नये चने-मुरमुरे से उसने मुझे दिये और इस प्रकार भेल जो थी, 'पूरी' हुई।

इधर 'ब' से बैंक के संबंध में श्री रवीन्द्रनाथ त्यागी का पत्र मुझे मिला। कथ्य और शिल्प, दोनों ही दृष्टियों से उन्हें यह एक 'उत्कृष्ट' रचना लगी। भविष्य में वे मेरी सारी रचनाएँ पढ़ते रहेंगे। प्रेम जनमेजय, सूर्यबाला और सुरेश कांत की रचनाएँ देखकर उन्हें हिन्दी-व्यंग्य का भविष्य उज्ज्वल दिखता है। वर्तमान तो खैर (अपने ही शब्दों में) वे बिगाड़ ही रहे हैं। पुस्तक से केवल एक ही शिकायत उन्हें रही और वह यह कि पुस्तक उन्हें प्रकाशक से मिली, लेखक से नहीं। अब लेखक ने तो इसीलिए नहीं भिजवाई कि प्रकाशक ने दे दी थी। बहरहाल, पत्र तो अन्य लोगों के भी मिले हैं जो कि पर्याप्त उत्साहवर्द्धक हैं, पर त्यागी जी के पत्र की मैंने विशेष चर्चा जान-बूझकर की, जिसका कारण स्पष्ट है।

शेष कुशल। मैडम को मेरा नमस्कार कहें और कृपा दृष्टि बनाये रखें।

सादर,

आपका,
सुरेश कांत (बंबई)

5-7-80

आदरणीय डाक्टर साहब,

सादर नमस्कार।

यह पत्र मैं आपको मद्रास से लिख रहा हूँ। आपके दर्शनों का लाभ उठाकर मैं 16 जून की शाम को बंबई पहुँच गया था। वहाँ से मुझे 21 जून की रात को 10.10 बजे मद्रास के लिए रवाना होना था। किन्तु बैंक मेरे लिए उस रात की गाड़ी का कन्फर्म्ड रेलवे टिकट उपलब्ध नहीं करा सका। उसके स्थान पर बैंक ने मुझे 23 जून की सुबह के हवाई जहाज का टिकट थमा दिया और इस प्रकार मैं, इस परिवर्तित कार्यक्रम के अनुसार, विमान द्वारा मद्रास आया। 23 जून की सुबह 7.45 बजे वह विमान-विशेष बंबई के सांताक्रुज हवाई अड्डे से उड़ा और फिर तो उसने मद्रास पहुँचकर ही दम लिया। एक घंटे पचास मिनट में ही उसने हमें मद्रास में ला धरा। रेल जबकि 36 घंटे लेती है।

मान्यवर, यह मेरी पहली विमान-यात्रा थी, जो बहुत रोमांचक रही। आपकी (और

साथ ही बैंक की भी) कृपा से यद्यपि आगे भी ऐसे अनेक मौके आएँगे जबकि मैं विमान से यात्रा करूँगा, पर अपनी इस पहली विमान-यात्रा को मैं शायद ही कभी भुला पाऊँ।

यहाँ हमें रिजर्व बैंक स्टाफ कालेज में ठहराया गया है। कालेज की ओर से खाने-पीने और रहने की व्यवस्था इतनी उत्तम है कि लगता है, जैसे हम लोग दिल्ली के किसी पंचसितारा होटल में ठहरे हुए हों। मद्रास शहर वैसे भी मुझे बहुत पसंद आया। यह एक शांतिपूर्ण शहर है। बंबई की तरह की भगदड़ और आपाधापी यहाँ नहीं है। यहाँ के मरीना और एडियार-बीच, बंबई की चौपाटी और जुहू-बीच से भी अधिक आकर्षक मुझे लगे। भाषा की थोड़ी समस्या जरूर है, जिसका कारण यह है कि जो लोग हिन्दी नहीं जानते, वे अंग्रेजी भी नहीं जानते। वे ठेठ तमिल जानते हैं। दूसरी ओर जो लोग अंग्रेजी समझते हैं, वे हिन्दी भी बखूबी समझते हैं। काफी लोग हिन्दी बोल और समझ लेते हैं। इससे मेरी इस धारणा को बल मिला है कि तमिलनाडु में हिन्दी का जो विरोध बताया जाता है, वह महज राजनीति प्रेरित है।

कल हम महाबलिपुरम् घूमने गये। प्रातः 7 बजे हमारी बस चली और 11 बजे के करीब हम कांचीपुरम् पहुँचे। कांचीपुरम् में तीन प्रमुख मंदिर हैं : शिव-मंदिर, कामाख्या-मंदिर और विष्णु-मंदिर। शिव-मंदिर में चारों तरफ 108 शिवलिंग शोभा को प्राप्त हो रहे थे और एक विशालकाय शिवलिंग तो ऐसा था जिसके भीतर 1008 शिवलिंग और थे। कामाख्या-मंदिर की विशेषता यह रही कि उसका बुर्ज जो था, सोने का बना हुआ था जिसमें जरा भी खोट नहीं था—ऐसा पुजारी ने हमें बताया। पुजारी के मन में अलबत्ता वह जरूर पाया गया। विष्णु मंदिर की सर्वप्रमुख विशेषता अगर कोई थी तो यह थी कि उसमें एक स्थान पर दो छिपकलियाँ बनी हुई थीं। जिसमें से एक चाँदी की थी, दूसरी सोने की। चाँदी की छिपकली निश्चय ही मादा छिपकली रही होगी। क्योंकि नर, मादा की तुलना में सदा से सोना होता आया। उदाहरण के लिए आप इस खाकसार को ही ले सकते हैं, जिसे कि आजकल सोने के अलावा और कोई काम ही नहीं है। खैर, इस विवाद में न पड़ते हुए मैं आपको यह सूचित करना चाहता हूँ कि जिन दो छिपकलियों का वर्णन मैंने ऊपर किया, उन्हें स्पर्श मात्र करने से सारे पाप नष्ट हो जाते हैं। कीमत सिर्फ एक रुपया। आशा है आप प्रेम जनमेजय आदि को तो यहाँ आने के लिए अवश्य ही प्रेरित करेंगे। किन्तु वे अपने साथ पर्याप्त मात्रा में मुद्राएँ अवश्य लायें, क्योंकि हर मंदिर में दर्शन पूजन आदि की दरें निर्धारित हैं जिन्हें चुकाये बिना मंदिर के इर्द-गिर्द फटका भी नहीं जा सकता। हर मंदिर में कुछ जेबकतरे नियुक्त हैं, जिन्हें कि आम बोलचाल की भाषा में पुजारी कहा जाता है। जब तक वे विधिवत् आपकी जेब नहीं काट लेते, तब तक आप मंदिर में नहीं घुस सकते।

बहरहाल, वहाँ से हमने तिरुकलुकुंदरम् की ओर प्रस्थान किया। इसे पक्षीतीर्थम् भी कहा जाता है। किंवदंती है कि काशी से दो पक्षी रोजाना उड़कर यहाँ आते हैं और अपने ढंग से पूजा कर व प्रसाद ग्रहण कर रामेश्वरम् की ओर उड़ जाते हैं। इन बेवकूफ पक्षियों के दर्शन करने कुछ बेवकूफ लोग, जिनकी कि कवि-विशेष के अनुसार इस देश में कोई कमी नहीं है और अगर एक ढूँढ़ो तो सहस्र के दर्शन होते हैं, यहाँ तक कि कभी-कभी तो एक ही सहस्रों का काम दे जाता है, जैसे कि कुछ समय पूर्व तक दिल्ली के सरोजिनी नगर नामक स्थान पर रहने वाला एक व्यक्ति दे जाता था, सारे हिन्दुस्तान से यहाँ एकत्र होते हैं। यह शिव-मंदिर इतनी अधिक ऊँचाई पर स्थित है कि चढ़ते-चढ़ते हम लोगों का दम फूल गया, गनीमत यह रही कि वह फूलकर कुप्पा नहीं हुआ। किंतु हमारी बदकिस्मती और पक्षियों की खुशकिस्मती देखिए कि मर-गड़कर जब हम ऊपर पहुँचे, तो पुजारी के अनुसार पक्षी 10 मिनट पहले ही रामेश्वरम् की ओर उड़कर जा चुके थे। हालाँकि कुछ अधार्मिक व्यक्तियों ने हमें यह भी बताया कि आप कभी भी यहाँ आइए, पक्षी सदा 10 मिनट पहले उड़ कर जा चुके होते हैं, पर वह एक पृथक् बात रही।

लंचादि ग्रहण कर हम लोग महाबलिपुरम् की ओर चले। इसका प्राचीन नाम मामल्लपुरम है, किंतु अर्थ दोनों का एक ही है। 'मा' महा का अप्रभंश है, मल्ल उन बलि व्यक्तियों को कहा जाता रहा जो कि परस्पर मल्लयुद्ध संपन्न किया करते थे और पुरम् तो पुरम है ही। प्रश्न है—यह महाबलि आखिर कौन था ? इससे पहले कि आप लोग मुझे लेकर किसी गलतफहमी का शिकार हो बैठें, मैं यह स्पष्ट करता हूँ कि वह महाबलि, पल्लव-वंश का महान् राजा नरसिंह पल्लव था, जो कि महान् योद्धा होने के साथ-साथ महान् कलाप्रेमी भी था, जिसका परिणाम यह रहा कि उसने यहाँ अनेक मंदिर बनवाए जिनकी कि कलात्मकता से मुझ जैसा असहृदय व्यक्ति भी प्रभावित हुए बिना न रह सका। एक मंदिर तो एकदम समुद्र के किनारे स्थित है, जिसे देखकर मुझे बंबई के महालक्ष्मी मंदिर की याद सताने लगी, जिसका कि एक कारण यह था कि यह मंदिर-विशेष भी समुद्र के किनारे ही स्थित है। समुद्र से मुझे याद आया कि महाबलिपुरम् भारत का प्राचीनतम बंदरगाह है, जिससे कि प्राचीन काल में स्मगलिंग के धंधे को बड़ा बल मिला।

तत्पश्चात् हम लोग मद्रास की ओर लौट चले। इस बार एक अन्य, छोटे रास्ते से। इस रास्ते पर एक क्रोकोडायल बैंक पड़ता है। इस बैंक में मगरमच्छगण खाता खोलकर पैसा जमा किया करते हों, ऐसा नहीं सोचने का है। यह तो चिड़ियाघर की तरह का एक मगरमच्छ घर है, जिसमें मगरमच्छों को पाला जाता है। छोटे से छोटे मगरमच्छ से लेकर बड़े से बड़े मगरमच्छ तक हमें वहाँ देखने को मिले, किंतु अफसोस की बात सिर्फ यह रही कि उनमें से कोई भी मगरमच्छ के आँसू नहीं बहा

रहा था। यह बैंक एक अमरीकन कम्पनी द्वारा चलाया जा रहा है। यही कम्पनी मद्रास में एक स्नेक पार्क भी चला रही है, जिसे हम लोग एकआध दिन में देखने जायेंगे।

शाम के छः बजे के आसपास हम मद्रास वापस लौट आये। होस्टल मेस के प्रबंधक मि. थामस ने फौरन हम लोगों के लिए चाय-वगैरह का प्रबंध करवाया, जिसमें से मैंने सिर्फ 'वगैरह' ही ग्रहण किया। ताजादम होकर हम लोग अपने-अपने कमरों में चले गये।

तो मान्यवर, यह था हमारा महाबलिपुरम् का भ्रमण, जिसे मैंने संक्षेप में आपके सामने वर्णित किया। आशा है, आपको भी—पूर्णतः तो नहीं किन्तु थोड़ी-बहुत खीझ अवश्य हुई होगी। शनिवार को मद्रास के स्थानीय भ्रमण पर और रविवार को तिरुपति तथा अगले शनि-रवि को कन्याकुमारी (जिसमें कि पुनरुक्ति का दोष विद्यमान है) जाने का हमारा इरादा है। सावधान रहें, अगले पत्रों में उनका भी वर्णन कर सकता हूँ।

आशा है, अब तक आप अस्वस्थता की स्थिति से उबर चुके होंगे और स्वास्थ्य का लाभ कर चुके होंगे। मैडम को मेरी नमस्ते पहुँचा दें। आशा है उनकी भी कृपा मुझ पर पूर्ववत् बनी होगी। प्रेम जनमेजय को कांचीपुरम् जाने और वहाँ विष्णु मंदिर में बनी छिपकलियों का स्पर्श करने के लिए अवश्य प्रेरित करें। इससे बहुतों का भला होगा। क्या वह अभी भी रोजाना शाहदरा जाया करता है ? क्योंकि जब मैं दिल्ली छोड़ने से पहले उससे मिलने गया था, तो वह नहीं मिला था। बहरहाल, शेष फिर।

सादर,

आपका,

सुरेश कांत (मद्रास)

यहाँ का मेरा पता निम्नवत् है, जो 19 जुलाई तक रहेगा। कोई आदेश हो तो इसी पते पर दें। पता कृपया आंग्ल भाषा में ही लिखें।

सु. कां.

सुरेश कुमार, हिन्दी आफिसर ग्रेड ए,
द्वारा प्रिंसिपल, रिजर्व बैंक स्टाफ कालेज,
259, अन्ना सलाई, मद्रास-600018

19-1-81

आदरणीय डाक्टर साहब,

तथाकथित 'व्यक्तिगत' पत्र की दूसरी प्रति अलग (डाक) से भेज रहा हूँ। राजेश ने तो, मेरे प्रति अपने रवैये के अनुसार ही, कहने के बावजूद उसे आप तक पहुँचाना

गवारा न किया। खैर, डाक से सही।

पत्र के कारण आपको ठेस पहुँची, यह मेरे लिए पीड़ादायक रहा। आपसे मिलने के बाद से मैं, अब तक पेरशान हूँ। किन्तु जो हो गया, वह लक्ष्य न था। दरअसल, जिस भाव से मैंने प्रेम द्वारा लगाया गया दिशाहीनता का आरोप लिया था, आशा करता था कि उसके जवाब में मेरी सफाई भी उसी भाव से ली जायेगी। दुर्भाग्यवश ऐसा नहीं हुआ। शायद मुझे इतना असहिष्णु नहीं होना चाहिए था। मैं भूल गया था कि हर व्यक्ति को अपनी बात कहने का हक है, चाहे गलत ही क्यों न हो !

मुझ पर आपकी अपार कृपा रही है। आपने प्रेम के कथन के विरोध में लिखी गयी मेरी सही बात के बारे में तो जवाब तलब कर लिया, प्रेम द्वारा मेरे लेखन के विरोध में कही गयी गलत बात पर प्रेम को कुछ कहना आवश्यक नहीं समझा, तो मैं तो यही समझता हूँ कि इसमें भी मेरा हित ही होगा। प्रेम के उस लेख के बारे में तो आपका विचार यह रहा कि हर व्यक्ति को कुछ भी कहने का हक है, पर मेरी सफाई आपको खिन्न कर गयी—तो ऐसा करने में भी आपको मेरा कोई हित ही दिखा होगा।

तो पत्र संलग्न है। आप पढ़ें और निर्णय लें कि पत्र कितना व्यक्तिगत है ? आप निर्णय लें और मुझे बतायें। आप भी पढ़ें और मैडम भी पढ़ें और निर्णय से मुझे अवगत करायें। आपको भी यह पत्र व्यक्तिगत ही लगने की स्थिति में मैं लिखना छोड़ देने पर भी विचार कर सकता हूँ। कारण कि यदि यह पत्र व्यक्तिगत कहा जायेगा, तो मेरा तो सारा लेखन (अब जितना भी वह है) व्यक्तिगत ही कहा जायेगा।

जो चीज आपसे सीखी, आपके कहने पर उसे छोड़ने में भी मुझे कोई परेशानी नहीं होनी चाहिए, न ही होगी।

सादर,

आपका (दृष्टिहीन),
सुरेश कांत (जयपुर)

10-9-81

आदरणीय डा. साहब,

मुझे खेद है कि समय निश्चित करने के बाद भी पहली सितंबर को मैं आपका साक्षात्कार न कर सका। दरअसल बात यह हुई कि उस रात तथा अगली रात भी मैं, बिना मेरी जानकारी के, अपने दो रिश्तेदारों के यहाँ खाने पर 'आमंत्रित' था। इस प्रकार इस 'खानखाना' की स्थिति को प्राप्त हो जाने के कारण मैं न केवल आपके दर्शन ही न कर सका अपितु टेलीफोन करने में भी असमर्थ रहा। बहरहाल, उसके लिए तो आप मुझे सदैव की भाँति, क्षमा कर ही देंगे। किंतु साक्षात्कार की समस्या हो गयी है। पहले मैंने सोचा, एक प्रश्नावली किस्म की चीज तैयार कर आपसे उनके

उत्तर प्राप्त कर लूँ, किंतु लगता है, उसके लिए समय नहीं निकल पायेगा। दरअसल मैं आप वाले अंक के प्रस्तुतीकरण में बेतरह व्यस्त हूँ जिसका अंदाजा आप इसी बात से लगा सकते हैं कि सारे लेख संपादित कर मैंने (अपने स्वयं के) हाथ से पुनः लिखे हैं (टाइप की सुविधा उपलब्ध नहीं हो सकी)। कवर डिजाइन तो छप भी चुका है, हमारा प्रयास है कि सितंबर के अंत तक अंक रिलीज कर दें। यह अंक मैं स्वयं देख रहा हूँ। दिल्ली से आने के बाद यह तय किया है कि अगस्त-सितंबर का अंक संयुक्त कर 90-100 पृष्ठों का विशेषांक निकालें (सामग्री काफी हो गयी है) और तुरंत ही हार्डबाउंड कर पुस्तक भी प्रस्तुत कर दें। पुस्तक के दोनों ओर आपका बड़ा वाला चित्र (आवरण पृष्ठों पर) देंगे जैसे विदेशों में छपने वाली पुस्तकों में होता है। दूसरे, अंत में एक लेख (जो मैंने स्वयं लिखा है) आपके रामकथा वाले उपन्यासों पर भी दे रहे हैं जिससे कि पुस्तक (प्रायः) सर्वांगपूर्ण हो सके। प्रेम का लेख भी शामिल कर लिया है पर उसमें तथ्यों का अभाव है—उसके लिए मैं उसे पत्र लिख रहा हूँ। वही, राजेश के साथ, अब आपका इंटरव्यू लेकर भी मुझे भेजेगा (ऐसी आशा है)। पुस्तक की रूपरेखा (अब तक) इस प्रकार है—

1.	नरेन्द्र कोहली ही क्यों ?	सुभाष नाहर
2.	खाकी नेकर : लाल सलाम	प्रेम जनमेजय
3.	एक और लाल तिकोन	नीरेन्द्र सिंह
4.	पाँच एब्सर्ड उपन्यास (फुटनोट के रूप में द्विवेदी जी का पत्र)	दिविक रमेश
5.	जगाने का अपराध	राजेश कुमार
6.	आश्रितों का विद्रोह	विवेकी राय
7.	शंबूक की हत्या	दामोदर अग्रवाल
8.	आधुनिक लड़की की पीड़ा	मीरा सीकरी
9.	राम नाम सत्य है	सुरेश कांत
	परिशिष्ट	
10.	साक्षात्	

श्रीकृष्ण को एक पत्र सुभाष नाहर से लिखवाया था विज्ञापन के लिए, पर इस बार दिल्ली में प्रेम जनमेजय से ज्ञात हुआ कि उसने प्रेम से कहा था कि कोहली साहब विज्ञापन भी राजपाल वालों से ही ले लें। अतः अब हम उससे विज्ञापन नहीं लेंगे। (इस घटना की चर्चा आप प्रेम से हरगिज न करें) (श्रीकृष्ण से भी न करें)

शेष कुशल है। आशा है स्वस्थ होंगे।

सादर,

आपका,
सुरेश कांत

पुनश्च—1. मैं यद्यपि प्रेम को पत्र लिख रहा हूँ पर इस बीच यदि वह आपको मिले तो आप स्वयं भी इंटरव्यू की बात कर लें, कहीं ऐसा न हो कि पत्र मिले नहीं और व्यर्थ की देरी हो।

2. विशेषांक और पुस्तक के बारे में कोई सुझाव देना चाहेंगे ?

3. प्रेम के पास मेरा गलत पता है, ऐसा लगता है। अभी उसने अपने एक मित्र को मेरे पास भेजा है (देवेन्द्र को) और उसे एस-61 के स्थान पर एस-6 पता दिया था।

सु. कां.

14-10-81

आदरणीय डा. साहब,

यहाँ पंचायती चुनावों के कारण छापेखानों की व्यस्तता की वजह से विशेषांक रुका पड़ा रहा और उसमें इंटरव्यू देना बड़ा कठिन हो रहा है। अब वही करना पड़ेगा जो सुभाष ने पहले सोचा था और आपको पत्र में लिखा था यानी इंटरव्यू को अगले अंक में रखकर बाद में पुस्तकाकार करना। मेरे दिल्ली पहुँचने से पहले ही सुभाष स्वयं मिलकर अंक आप तक पहुँचा देगा—ऐसी आशा करता हूँ। अंक आपको पसंद आयेगा, ऐसा विश्वास है।

शेष कुशल है। मेरी पुस्तक के लिए फ्लैप मैटर के रूप में कुछ पंक्तियाँ आप उसी समय सुभाष को दे दें तो अच्छा रहे। और हाँ, गोयनका जी का पत्र आया था, मैंने उन्हें लिख दिया है कि जैसा भी सहयोग वे मुझसे चाहते हैं, उसे देना मैं अपना कर्तव्य समझूँगा। वैसे आपके रामकथा वाले उपन्यासों पर अलग से ही एक पूरी पुस्तक तैयार करने की मेरी इच्छा बल पकड़ रही है। हो सकता है, महीने-डेढ़ तक पुस्तक आपकी सेवा में पहुँच भी जाये। उसके छपने में कोई कठिनाई होगी—ऐसा भी मुझे नहीं लगता है।

पाँच मिनट बाद बैंक में चल रही हिन्दी कार्यशाला में मुझे लेक्चर देना है। पिछले और अगले लेक्चर के बीच जल्दबाजी में लिखे गये इस पत्र को अब यहीं समाप्त करता हूँ।

सादर,

आपका,
सुरेश कांत (जयपुर)

6-1-82

आदरणीय डा. साहब,

नववर्ष तथा जन्मदिन की हार्दिक शुभकामनाएँ स्वीकार करें। 'बात तो चुभेगी' का अगला अंक जो विशेषांक का ही उत्तरार्द्ध है और पुस्तक में परिशिष्ट के रूप में जायेगा, लगभग तैयार हो गया है। उसमें आपकी पुस्तकों की सूची, लंबा साक्षात्कार और आपकी सर्वश्रेष्ठ व्यंग्य रचना (अस्पताल) शामिल की है। कमी केवल आप पर जीवनीपरक लेख की है। उसके लिए मैं मैडम से अनुरोध करूँगा (उनसे बेहतर इस बारे में और कौन लिख सकता है।) कि वे इस तरह का एक लेख शीघ्र बल्कि तुरंत (कृपया इस शब्द को अन्यथा न लें) तैयार कर सुभाष नाहर के गुड़गाँव वाले पते पर भिजवा दें जिससे कि अंक शीघ्र छपकर आपकी सेवा में प्रस्तुत हो सके। जनवरी से उसका यानी पत्रिका का स्वरूप कुछ बदल रहे हैं। पत्रिका फिलहाल जयपुर से ही छप रही है।

शेष कुशल है। शादी के बाद मेरा कुछ इस तरह का अनुभव है कि हर आदमी मूलतः उत्साही, कर्मठ, विवेकशील और इस प्रकार महान् होने की संभावनाओं से पूर्ण होता है लेकिन अफसोस की बात है कि उसकी शादी कर दी जाती है।

विवाह पूर्व की स्थिति को बरकरार रखने के प्रयास में,

आपका,
सुरेश कांत (जयपुर)

28-5-82

आदरणीय डा. साहब,

कल शाम आपका पत्र मिला। आपका पहला पत्र भी यथासमय मिल गया था। बीसेक दिन से बीमार चल रहा हूँ, इसलिए पहले पत्र का उत्तर समय पर न दे सका। पर इस दूसरे पत्र का उत्तर देना जरूरी सा लगता है।

मेरी पुस्तक डेढ़ेक महीने पहले ही छप चुकी है—केवल कवर डिजाइन छपना बाकी है। सुभाष नाहर ने उसके लिए मुझे दिल्ली मिलने (डिजाइन सहित) का अनुरोध (तार द्वारा) करते हुए दो रविवारों को लगातार मेरे निवास (दिल्ली स्थित) पर चक्कर लगाया, पर मैं अस्वस्थता के कारण न पहुँच सका। डिजाइन के बिना उसने श्रीकृष्ण से मिलना व्यर्थ समझा होगा (आपसे भी वह मेरी पुस्तक के साथ ही मिलना चाहता है)। अंततः मैंने उसे सूचित किया कि मैं बीमार हूँ तो दो दिन हुए वह स्वयं जयपुर आकर डिजाइन ले गया जिन्हें वह नोएडा स्थित अपने एक मित्र के आफसेट प्रेस पर छपवाएगा। पुस्तक तैयार होने में अधिक से अधिक तीन दिन का समय लगेगा। मेरी अस्वस्थता के कारण मेरी पुस्तक में हुई देरी की सजा आप सुभाष को

देना चाहें तो अवश्य दीजिएगा और वचनबद्धता जैसी भी कोई बात नहीं है। मेरे अनुरोध को आपने वचनबद्धता के रूप में लिया, यह आपका बड़प्पन ही है। आप अपने को वचनमुक्त ही समझें सर्वथा और उचित समझें तो पुस्तक दें, न उचित समझें तो हर्गिज न दें। पर पुस्तक देने से पहले ही इस तरह की सजाएँ...खैर। ऐसा है कि मेरे साथ तो एकबारगी वह देर-वगैरह कर भी सकता है क्योंकि एक तो मैं कोई 'बड़ा' लेखक नहीं और इससे भी बढ़कर दूसरे यह कि वह मेरा मित्र है—हालाँकि अब तक जितनी भी देर हुई है, वह मेरी तरफ से हुई। पर आपके साथ उपर्युक्त दो कारणों के अभाव में ही वह ऐसा नहीं कर सकता—यह कहने की जरूरत नहीं। फिर भी आप उसे पुस्तक देने के लिए अपने को बाध्य न समझें, कतई। अपनी प्रतिष्ठा के अनुरूप अन्य प्रकाशकों को उसे दें।

पिछले पत्र में आपने मेरे दिल्ली आने के कार्यक्रम के बारे में पूछा था। तो वह जिंदगी की तरह ही अनिश्चित हो गया लगता है। कागज भर रहा है, इसलिए शेष फिर कभी।

सादर,

आपका,
सुरेश कांत (जयपुर)

12-2-73

प्रिय कोहली जी,

नमस्कार !

अभी-अभी अरविन्द जी के दफ्तर से लौटा हूँ। उन्होंने बताया कि दिल्ली में दिसम्बर मास में हुए सेमिनार में मेरी किसी बात से शायद आप नाराज हैं और हिन्दी में COMMITTED साहित्य लिखा जा रहा है इस बात की ओर मेरा ध्यान आकर्षित करने के लिए आपने उन्हें अपने दो उपन्यास 'आतंक' और 'पाँच एब्सर्ड उपन्यास' भेजे हैं। वैसे सही बात यह होगी कि आपने दो जिल्दों में अपने छः उपन्यास भेजे हैं। दोनों पुस्तकें मुझे सौंपकर वे तो निश्चिन्त हुए लेकिन मुझे अशांत कर दिया।

रास्ते में 'पाँच एब्सर्ड उपन्यास' में प्रकाशित आपका 'आत्मकथ्य' पढ़ा। इसे पढ़ने के बाद लगा कि आपकी प्रतिक्रिया किसी हद तक सही है। कृपया मेरे इस EXPRESSION 'किसी हद तक' को अन्यथा न लें। यह तो मात्र एक EXPRESSION है जिसके पीछे मेरा उतना ही रोष है, जितना शायद आपको 'अस्पताल' लिखते समय रहा हो।

बात उठी थी भाई बलराम मेनरा के आक्षेप से और उत्तर में शायद मैंने बात

GENERALISE करके कह दी। लेकिन 'किसी हद तक' यह सत्य है कि COMMITTED साहित्य नहीं लिखा जा रहा है या बहुत कम लिखा जा रहा है। अभी भी हम परायी (IMPORTED) घुटन, संत्रास, LACK OF COMMUNICATION ALIENATION से बेहद आक्रांत हैं और इस थोड़ी सी सफाई से या मैं आपको अपनी सही मानसिक उलझन और आक्रोश बताने में सफल हुआ होऊँ तो मुझे अपने REMARK का अधिक दुख न होगा।

चलिये इसी बहाने और अच्छी चीजें पढ़ने का अवसर मिला। इस बात का संतोष ज़रूर है। पत्र की पहुँच लिखें।

शुभकामनाओं सहित–

आपका,
अरुण कौल (बंबई)

पुनश्च–कार्तिकेय कैसे हैं ?

19-2-73

प्रिय भाई,

आपका 16-2 का पत्र अभी-अभी मिला। हस्तिनापुर कालेज के पते पर एक लम्बा पत्र लिखा था। मिलता तो शायद वह सब दोहराने की जरूरत महसूस न होती। फिर भी...

कुछ दिन पहले भाई अरविंद कुमार से 'माधुरी' के दफ्तर में भेंट हुई। उन्होंने बताया कि आपका पत्र उनके पास आया है और आपने अपनी पुस्तकें भी भेजी हैं। यह भी पता चला कि दिसम्बर मास में FFC के सेमिनार में मेरी किसी बात से आपको अप्रसन्नता हुई है। विशेषकर मेरे इस आक्षेप से कि हिन्दी में COMMITTED साहित्य कहाँ है ?

मुझे इस बात का खेद है कि किसी PROVOCATION में मेरे मुँह से ऐसी बात निकल गयी। वैसे मैं इस प्रकार के REMARKS बहुत ही कम दिया करता हूँ।

बात यों हुई थी कि उस सेमिनार में कई तरह के प्रश्न उठाये गये। कुछेक समस्या से सम्बद्ध थे और कुछ अधिक असम्बद्ध। तरह-तरह के व्यक्तिगत और IRRELEVANT प्रश्न पूछे गये। जब FFC की ओर से किसी ने सफाई नहीं दी तो मैंने कई प्रश्नों का समाधान करने की कोशिश की। मुझे यह मालूम नहीं कि आप उस सेमिनार में उपस्थित थे (यह बात मैं अरविंद जी से पूछना भूल गया)। खैर–कई प्रश्न किसी ग्रुप विशेष के सम्बन्ध में थे। यानी FFC पर राकेश-कमलेश्वर-यादव हावी हैं उस बात को लेकर मैंने यह जरूर कहा कि इन तीन लेखकों की कृतियों से ('फिर भी' को छोड़कर) और इन पर फिल्में बनाने वालों से मैं व्यक्तिगत रूप से

जुड़ा हुआ था। अतः मैं इतना जरूर कहूँगा कि इन रचनाओं को लेकर फिल्में जो बनीं उनका LOAN दिलवाने में इन तीन लेखकों ने कोई WIRE PULLING नहीं की है। मैंने कुछेक नाम गिनाकर यह भी कहा कि इन तीन लेखकों के अतिरिक्त और कई लेखकों की रचनाओं पर फिल्में बनी हैं या बन रही हैं—निर्मल वर्मा, मलयालम के 'उरूब', मलयालम के 'अडूर गोपालकृष्णन', गुजराती के 'पन्नालाल पटेल', मराठी के 'विजय तेंदुलकर', बंगला के 'बनफूल', 'सुबोध घोष', 'रवीन्द्रनाथ ठाकुर', 'प्रेमचन्द्र मित्र' इत्यादि और आजकल हिन्दी के रमेश बक्षी।

बातचीत के दौरान भाई बलराम मेनरा ने सभी फिल्मों को लेकर आक्षेप किया कि इनमें COMMITTED फिल्में कहाँ हैं ? मैंने यह बात मान ली कि इनमें सभी फिल्में COMMITTED नहीं हैं—लेकिन कुछेक जरूर हैं। हाँ, COMMITMENT से स्तर अलग-अलग हैं। यानी भुवन शोम का COMMITMENT 'एक अधूरी कहानी' के COMMITMENT से जुदा है, इसी प्रकार 'कंकु' का COMMITMENT 'शांतता...' तथा 'स्वयंवरम्' के COMMITMENT से भिन्न है। फिर POLITICAL (या और स्पष्ट रूप से कहें पार्टी सम्बन्धित POLITICAL) विचारधारा ही कमिटमेंट का एकमात्र रूप नहीं है। इसी दौरान मैंने बलराम जी से प्रश्न किया है कि हिन्दी या उर्दू में कितना COMMITTED साहित्य है। हमारे लेखकों में कितने कमिटेड हैं ? देश में आजकल जो हो रहा है उस पर कितना लिखा जा रहा है—यह अराजकता, आतंक, भूख, सूखा, अकाल, बाढ़, युद्ध—इनको लेकर कितना कुछ लिखा जा रहा है ?

मैं समझता हूँ शायद मेरे इस कथन को आपने या अन्य लेखक बन्धुओं ने GENERALISED तथा SWEEPING REMARK के रूप में लिया हो। शायद यह मेरी ही गलती है कि मैंने इस बात को EMPHASISE नहीं किया। करना चाहिए था...

खैर, दोनों किताबें मैंने अरविंद जी से लीं—'आतंक' तथा 'पाँच एब्सर्ड उपन्यास'। 'पाँच एब्सर्ड उपन्यास' की भूमिका दफ्तर आते-आते टैक्सी में पढ़ ली। बहुत अच्छी लगी और उसी टैक्सी में दफ्तर आते ही आपको एक पत्र हस्तिनापुर कालेज के पते पर लिखा। फिर लगा शायद पत्र आपको मिले न मिले तो एक पत्र राजपाल के पते पर भेजा। इस बीच दोनों किताबें पढ़ीं। अच्छी लगीं या यों कहूँ बहुत अच्छी लगीं।

'पाँच एब्सर्ड उपन्यास' में बड़ी तल्खी है और इस कथन से मैं सहमत हूँ कि उनमें कार्टूनी विधा का व्यंग्य आ गया है।

'आतंक' मेरी नजर में हिन्दी का एक महत्त्वपूर्ण उपन्यास है। हर एक पात्र की ROUNDING इस खूबी के साथ की है कि आपको दाद दिये बिना नहीं रह

सकता।

इसकी फिल्मांकन की सम्भावनाओं पर भी सोचने लगा हूँ। अभी तो खैर, 'लिखित शब्द' ही मुझ पर हावी है, कुछ समय बाद जब सारी ऊपरी बातें ज़हन से उतर जायेंगी तो बीज रूप में जो सत्य मेरे अवचेतन मन ने स्वीकारा हो उसी को लेकर कुछ सोचूँगा। वैसे मुझे पात्रों में स्कूटर वाले का और गिरधारी के EPISODE बड़े सशक्त लगे। प्रोफेसर का अंश वैसे अपने में बड़ा सुन्दर है और उसका आतंक (या उसकी मनःस्थिति–अथवा उसकी बदली हुई मनःस्थिति) बड़ी ही विचारोत्पादक है लेकिन सूक्ष्म होने के कारण शायद फिल्म माध्यम की पकड़ में उस खूबी के साथ न आ सके। मेरा मतलब यह नहीं कि प्रोफेसर के EPISODE का PHYSICAL होना जरूरी है। या यह कि जो बात PHYSICAL LEVEL पर न हो वह फिल्म के लिए अनपयुक्त है। बात यह है कि उसका अन्तर्द्वन्द्व ठीक से उभारना होगा।

जहाँ तक आपके चिन्तन का प्रश्न है मुझे लगता है कि आपका COMMITMENT मुझे बहुत SUIT करता है। मैं इस बीच आपकी और कृतियाँ पढ़ना चाहूँगा। अरविंद जी वैसे आपके किसी और उपन्यास का जिक्र कर रहे थे जो किसी फारेस्ट POST की BACKGROUND पर आपने लिखा है। वह उपन्यास मैंने पढ़ा नहीं है। क्या आप इस उपन्यास की एक प्रति तथा अपना कुछ और साहित्य मुझे भेज सकेंगे। आभार मानूँगा। दुर्भाग्य से बम्बई में हिन्दी पुस्तकों की एक ही दुकान है–'हिन्दी ग्रंथ रत्नाकर' टी पी टैंक के पास–लेकिन उसमें प्रायः विश्वविद्यालयी साहित्य अधिक रहता है या गुलशन नन्दा, शिवानी, गुरुदत्त की किताबें।

इस बीच आपने उपभोक्त COMMITTED विधा की अन्य रचनाएँ पढ़ी हों तो कृपया सुझायें। 'हत्या' मैंने पढ़ी है। मुझे एक जिल्द में वह दो रचनाएँ लगीं–यानी गुण्डे का EPISODE अलग और गरीबों को उस मुहल्ले से भगाने वाले उस 'संभ्रान्त' 'भद्र' गृहस्थ का EPISODE अलग। उस उपन्यास के बारे में आपकी क्या राय है ?

समय मिले तो कृपया लिखते रहें। इससे बल मिलता है।

आजकल क्या लिख रहे हैं।

शुभकामनाओं सहित,

आपका,
अरुण कौल (बंबई)

22-2-73

प्रिय नरेन्द्र जी,

नमस्कार। आपका 20-2 का पत्र कल मिला। इससे पहले एक लम्बा पत्र मैंने आपके घर के पते पर भेज दिया है। आशा है मिल गया होगा। इन दोनों चिट्ठियों को एक साथ पढ़ने से शायद अब इस बात से CONVINCE हो गये होंगे कि COMMITTED साहित्य की कमी मुझे जरूर खटकी लेकिन मैंने उसके अस्तित्व को बिल्कुल नकारा नहीं। कोई भी पाठक, जिसने हिन्दी साहित्य का ठीक से अध्ययन किया हो, यह नहीं कह सकता कि हिन्दी में COMMITTED साहित्य बिलकुल ही लिखा नहीं गया।

आजादी से पहले का लगभग सारा गद्य किसी न किसी प्रकार COMMITTED था, उसकी जड़ें तत्कालीन जीवन में थीं, उसमें अपने काल की गंध और महक थी, अपने आसपास की LIGHTS और SOUNDS थीं। हाँ यह जरूर है कि COMMITMENT के स्तर भिन्न-भिन्न थे। कुछ गांधीवाद से प्रभावित थे जो राष्ट्रीय आंदोलन के साथ जुड़ा हुआ था। या किसी हद तक राष्ट्रीय आंदोलन स्वयं गांधीवाद का एक लोकमंचीय रूप था। फिर समाजवादी या किसी हद तक मार्क्सवाद की लहर आयी और प्रेमचंद ने अपना मंच बदल दिया–

बात दरअसल आजादी के बाद की है। प्रतीकों, प्रयोगों, संप्रेषण, घुटन ALIENATION और बहुचर्चित 'आंचलिकता' के बावजूद क्या हमारा कथा-साहित्य हमारे वर्तमान जीवन की नब्ज है ? शहरी, कस्बाई और महानगरीय तथा उपनगरी जीवन को लेकर भी हमारा साहित्य जीवन के कितना निकट रहा है ? काफी हाउसीय या विश्वविद्यालयी टाइप का साहित्य अधिक से अधिक सतह को छू गया है उससे अधिक नहीं।

इस दिशा में 'आतंक' के प्रोफेसर का चिन्तन मुझे बहुत हद तक सही भी लगता है। वह सोचता है, सोचता रहता है, अपने को तरह-तरह की बातों से RECHARGE करता है लेकिन पिट जाने के बाद उसका सारा आदर्शवाद और आशावाद काफूर हो जाता है और स्वयं उससे CONVINCE न होते हुए भी वह अपनी नयी मनःस्थिति को अपने तर्क बुद्धि से (PRACTICAL) व्यवहारवाद की संज्ञा देता है।

पाठक में दोष बहुत होते हैं–विशेषकर मुझ जैसे पाठक में, जिसका अपना संघर्ष (अपने अस्तित्व के लिए संघषी) बहुत ही जानलेवा होता है–वह यह कि वह बड़ी पत्रिका ही देखता है, प्रामाणिक यानी ESTABLISHED प्रकाशकों की किताबें ही पढ़ता है, जाने-पहचाने नामों को छोड़कर अन्य लोगों पर RISK उठाना नहीं चाहता है। लेकिन एक छोटा सा सवाल मैं भी आपसे करना चाहता हूँ। यह जो छोटी

पत्रिका, छोटे ग्रुप, छोटे वाद, छोटे प्रकाशक या प्रकाशन मंच हैं, इनके द्वारा प्रचारित, प्रणीत, प्रसारित या प्रकाशित साहित्य STANDARD कितना है ? छोटी पत्रिकाओं में कोई टिप्पणी कभी-कभी अच्छी लगती है, उसमें क्रोध है, घुटन है, छटपटाहट है, झूठ को निर्वस्त्र करने का हौसला है, लेकिन उसी अंक में या उसके अगले-पिछले अंक में उसी लेखक की कहानी पढ़िये—अन्य ESTABLISHED पत्रिकाओं के स्तर से भिन्न नहीं होगी। अधिकांश कूड़ा साहित्य है। मैं फिर क्षमा चाहता हूँ। क्योंकि यह फिर एक तरह का GENERALISED STATEMENT है।

उदाहरण के लिए श्री रमेश बक्षी का 'आवेश'। काफी मोटा है, काफी बड़ी-बड़ी बातें हैं—वक्तव्य, CONFESSIONS, रोष, आक्रोश, क्रोध...लेकिन उन्हीं गैर ESTABLISHMENT वाले लेखकों की रचनाएँ पढ़िये, रचनाएँ काफी फीकी हैं—कमोबेश।

कभी-कभी लगता है कि यह छोटी पत्रिका का आंदोलन 'छपास' से त्रस्त नये या अपने आपको क्रान्तिकारी कहलाने वाले लेखकों का एक MOB है। कुछ समय बाद यही लोग भारती-कमलेश्वर-मनोहर श्याम सम्पादित पत्रिकाओं में दिखायी देंगे और इस तरह हिन्दी लेखकों में NEO-ESTABLISHMENT वाले लेखकों का नया वर्ग स्थापित होगा—यानी साहित्य का नया MIDDLE CLASS.

अच्छा कटिबद्ध साहित्य अपने में एक उपलब्धि है। महान् उपलब्धि है। वह इसलिए कटिबद्ध नहीं कि वह किसी न किसी 'रूप' में रेडियो, TV या FILM का चोला धारण करे। अगर करता है तो ठीक, नहीं करता है तो भी ठीक। JAMES JOYCE को फिल्म, रेडियो, TV, OPERA, BALLET या किसी भी कला की विधा में रूपान्तरित नहीं कर सकते हैं 'उलीसिस' का महत्त्व उससे समाप्त नहीं होता।

रेडियो और TV सरकारी प्रचार के माध्यम हैं। उसमें वही साहित्य आयेगा जो या सरकार समर्थक हो या प्रचारात्मक—या अधिक से अधिक सरकारी UNWRITTEN (अ-लिखे) CODE से छनकर आने के बाद हास्य और प्रहसन का वह रूप जो आकाशवाणीय हवामहल की देन है।

रही फिल्म की बात। फिल्म इस देश में एक व्यापार मात्र है और सियाह-सफेद पैसे की महालीला—इसमें अच्छा, तथाकथित अच्छा, अच्छा कटिबद्ध, या तथाकथित कटिबद्ध साहित्य कैसे प्रवेश पा सकता है ? घूम फिर के फिल्म वालों के पास (जिनमें मैं भी एक हूँ) एक ही तिकोन है (यानी तिकोनी कहानी)। यह तिकोन सरकारी लाल तिकोन की तरह 'DAY-BY-DAY-BY-DAY' (या एक विज्ञापन का SLOGAN है) प्रबल और प्रसिद्ध होता जा रहा है।

आपने लिखा है कटिबद्ध साहित्य लिखकर आदमी क्या करे ! देखिए कटिबद्ध

साहित्य लिखने वाला चाहे भी तो 'अकटिबद्ध' साहित्य नहीं लिख सकता है। कटिबद्धता तो अपने में एक जीवन मंत्र है–एक फिलासफी है। कटिबद्ध साहित्यकार यदि किसी कारण से कटिबद्ध साहित्य लिखने के लिए मजबूर है तो वह STRIKE करवायेगा, वाम राजनीति में जायेगा, TRADE UNION में जायेगा, AGITATOR बनेगा, टीचर बनेगा या नक्सलपंथी बनेगा लेकिन गुलशन नन्दा नहीं बनेगा...यह लिखते समय आपको विश्वास दिलाऊँ कि मैं न CPI से कभी संबंधित, सम्बद्ध या प्रभावित रहा हूँ न CPM से। CPML की बात तो उठती ही नहीं। जनसंघ और आनंद मार्ग से भी मुझे कभी सहानुभूति नहीं रही। हाँ, समाजवादियों से कभी जरूर जुड़ा था–बस...

यहाँ आकर मुझे लगता है कि आजादी के छब्बीसवें साल हमें लेखक, उसके दायित्व, उसके धर्म को फिर से DEFINE करना होगा। यह जितनी जल्दी हो ठीक रहेगा–हर तरह के लोग, हर वाद के लोग, हर विधा के लोग–इस बात पर विचार करें। यदि यह न होगा तो इस देश का भविष्य मुझे बहुत अन्धकारमय लगता है।

बात आपने सही लिखी कि मुझे COMMITTED साहित्य खोजना होगा और बम्बई में रहते यह किसी हद तक कठिन भी है। इस दिशा में मुझे आपके सहयोग की अपेक्षा रहेगी। COMMITTED साहित्य या COMMITTED साहित्यकार को मैं क्या प्रश्रय दूँ ? मेरा तो इन दोनों को ढूँढ़ने में अपना ही स्वार्थ है। यानी उनके द्वारा प्रेरित होना। हम (फिल्म वाले) जो देश के जन-जीवन से कट के (और अपने ROOTS से उखड़ के) इस मायानगरी में भटक रहे हैं। हमें CONTEMPORARY LIFE के निकट तो यही साहित्य लायेगा। इसलिए मेरी नजर में इस विधा के साहित्य पर फिल्म बनने से पहले जरूरी यह है कि यह साहित्य हम जैसे कुछेक लोगों को (जो फिल्म को केवल पैसा नहीं मानते) INSPIRE करे।

पत्र काफी असम्बद्ध है–क्योंकि लिखते रहने का अभ्यास नहीं है। कृपया इसे सही ORDER में पढ़ें।

शरत जी आजकल दिल्ली में हैं। उनकी बदली आकाशवाणी दिल्ली (वार्ता विभाग) में हुई है।

दिल्ली आऊँगा तो कार्तिकेय से जरूर मिलूँगा।

आपका,

अरुण कौल (बंबई)

27-2-73

प्रिय नरेन्द्र जी,

नमस्कार। आपका 24-2 के दोनों पत्र और आपके लेख की कतरन मिलीं।

धन्यवाद।

सेमिनार की सारी बातें साफ हुईं। 'माधुरी' का लेख पढ़ूँगा और अपनी प्रतिक्रिया लिखूँगा।

'कटिबद्धता' वाली बात अच्छी लगी। आपके सहयोग के लिए आपका आभारी रहूँगा। 'लेखक मण्डल' की बात वैसे 'आतंक' से ही पता चली थी। इसलिए कई बार लगा कि प्रोफेसर का अंश आत्म कथात्मक (AUTOBIOGRAPHICAL) है। आपने जिस मण्डल की चर्चा की थी, वह आपके (यानी यथार्थ के) लेखक मण्डल से भिन्न है। वैसे उपन्यास का मण्डल मुझे बहुत FASCINATE करता है। यानी फिल्म को लेकर FILM SOCIETIES का जो रोल है आपने साहित्य को लेकर उसी पाठक वृन्द की परिकल्पना की है। मुझे लगता है अधिक लेखक उपजाने से पहले जरूरी यह है कि GROW MORE READERS, पाठक जब प्रबुद्ध हो, SELECTIVE हो, CHOOSY हो और किसी हद तक FANATIC हो तो गैर जिम्मेदार से गैर जिम्मेदार लेखक भी अपना उत्तरदायित्व समझ जायेगा।

हिन्दी लेखन को लेकर जो SELF ADMIRATION CLUBS बने हैं वे काफी त्रासदायक हैं। हर स्तर पर यही हो रहा है, सरकार में, साहित्य अकादमी में, रेडियो में, प्रकाशन संस्थाओं में, आलोचक गुटों में, व्यावसायिक (ESTABLISHMENT वाले) पत्रों में और अब लघु पत्रिकाओं में भी...फिर इसी भावना से प्रेरित होकर नित नये वाद...नवीनतम है (या था) 'सचेतन' यानी सिंडीकेटी साहित्यकारों का 'दल'।

इसलिए यदि 'आतंक' में बतायी योजना विश्वविद्यालय स्कूल कालेज की LEVELS पर हिन्दी साहित्य या अच्छे हिन्दी साहित्य के लिए नये-नये पाठक खोजेगी तो काफी महत्त्वपूर्ण कदम होगा।

आज का छात्र अंग्रेजी शिक्षा के कारण अमरीकी PAPERBACKS का शैदायी है और यह बीमारी यहाँ तक पहुँची है कि HAROLD ROBINS की पुस्तकों के OFF SET पर PIRATE EDITIONS दिल्ली में छपते हैं और खूब बिकते हैं। इसी पाठक समुदाय को यदि हिन्दी साहित्य की ओर मोड़ा जाये तो अधिक अच्छा होगा। यानी दिल्ली को लें तो जैसे TV, फ्रिज अब STATUS SYMBOL बन गये हैं उसी तरह ड्राइंग रूमों में पुस्तकें सजाना भी क्यों न STATUS SYMBOL बन जाये। यह बात भले ही HIGH BROW लगे लेकिन मुझे यदि HIGH BROW और LOW BROW में किसी एक को चुनने के लिए कहा जाये तो मैं HIGH BROW चुनूँगा। यह मैं मानता हूँ कि इस प्रकार के पाठक मण्डलों के सदस्य बनाना पहले फैशन बन जायेगा—लेकिन इन फैशनधर्मियों में यदि 5 प्रतिशत भी COMMITTED READERS निकलें तो उपलब्धि ही होगी। FILM SOCIETY आंदोलन में अपनी जवानी के आठ वर्ष में मैंने यही अनुभव किया है।

कृपया मेरी इस प्रार्थना पर अवश्य ध्यान दें। 'मैं और हिंदी पत्रिकाओं का संसार' मुझे अच्छा लेख लगा। दुर्भाग्य है कि मैंने उन छोटी पत्रिकाओं को नहीं देखा जिनकी आपने चर्चा की है। ('लहर' के दो एक अंक छोड़कर)।

'धर्मयुग' में आपका व्यंग्य देखा—अच्छा लगा।

शुभकामाओं के साथ,

आपका,
अरुण कौल (बंबई)

22-3-73

प्रिय नरेन्द्र जी,

नमस्कार।

आपकी तीनों पुस्तकें मिलीं। पढ़ीं अच्छी लगीं। 'युवराज' का अंक भी मिला। धन्यवाद। इधर काम में—स्पष्ट रूप से लिखूँ 'अर्थ' के प्रबन्ध में उलझा हुआ हूँ इसीलिए पत्र लिख नहीं पाया।

'आतंक' पर जो गोष्ठी हुई उसकी 'रपट' मुझे जरूर भेज दें। मैं उसे अभी निजी REACTIONS के लिए सुरक्षित करना चाहता हूँ।

'युवराज' संचालकों से मेरी ओर से क्षमा माँगें। मैं अलग से उन्हें लिखूँगा।

आशा है सानन्द होंगे।

आपका,
अरुण कौल (बंबई)

1-11-73

प्रिय भाई,

देर से ही सही, दीवाली की शुभकामनायें स्वीकार करें। आशा करता हूँ दफ्तर बदलने के बाद मेरा लिखा हुआ पत्र आपको मिला होगा, यह पत्र शायद 13 अक्तूबर को पोस्ट किया था। इस पत्र में कोई ऐसी विशेष बात नहीं लिखी थी जिसका उत्तर अपेक्षित था, अतः जवाब न देने की शिकायत नहीं कर रहा हूँ।

यह पत्र किसी दूसरे ही संदर्भ में है।

'आतंक'।

मेरे अभिन्न मित्र और सहयोगी श्री हरि आत्मा इस पर फिल्म बनाने की सोच रहे हैं। यानी फैसला कर चुके हैं।

बात जरा विस्तार से लिख रहा हूँ।

हरिजी 1964 से मेरे सहयोगी हैं। 'फिल्म फोरम' में 'न्यू सिनेमा मूवमेन्ट' में, फिर 'एक अधूरी कहानी' में (इस फिल्म में सहकारी निर्माता थे) और उसके बाद 'फिल्म निर्यात' में।

पिछले साल अक्तूबर में हम दोनों मानहाइम (पश्चिमी जर्मनी) गये। मैं फेस्टिबल खत्म होते ही लौट आया और उन्हें वहीं छोड़ दिया। हरिजी एक साल और कुछ दिन योरुप में रहे, 'फिल्म निर्यात' का काम सम्भालते रहे और जिस काम को मैं यहाँ बैठकर आगे बढ़ा नहीं पाया, उसे वे बिना किसी साधन के (यूरोप की ठण्ड और विना पैसों के) आगे बढ़ाते रहे। मैं यहाँ पिछले दस महीने पैसों को लेकर इतना परेशान था और यहाँ से उन्हें कुछ भी भेज न पाया और हरिजी ने योरुप के BELOW ZERO तापमान में खाली तीन पौंड पर एक वर्ष निकाला।

भूमिका इसलिए दे रहा हूँ कि आप इससे न केवल मेरे दोस्त को पहचानें अपितु उनके मेरे सम्बन्धों को भी ध्यान में रखें।

यहाँ भी (फिल्म सोसायटी आंदोलन में सक्रिय होने के कारण और मेरे निजी सम्पर्कों के कारण) और योरुप में नयी पीढ़ी के फिल्मकारों से मिलने और उनका काम देखने-परखने के कारण वे कटिबद्धता (विशेषकर कटिबद्ध फिल्म विधा) के पक्षधर हो गये हैं।

यहाँ आने पर मेरे साथ उनकी काफी लम्बी बातचीत हुई और फिल्म बनाने की सम्भावनाओं पर भी विचार हुआ। मैंने कुछ साहित्यिक कृतियाँ सुझायीं और उनमें पहली थी 'आतंक'। दूसरी हृदयेश की 'हत्या', तीसरी रमेश उपाध्याय की 'एक कहानी'।

हरिजी ने 'आतंक' तुरन्त पढ़ी और तत्काल निर्णय किया कि इस उपन्यास में अच्छी सशक्त कटिवद्ध फिल्म की काफी संभावना है।

अतः यह पत्र प्रेषित है।

वैसे हरिजी के बारे में शैलेन्द्र जी, सुरेश कोहली तथा शरत् जी आपको कुछ और बता सकेंगे। गत मास योरुप से लौटने पर वे पहले दिल्ली ही उतरे। दो रात शैलेन्द्र जी के घर बितायीं और उनसे हरिजी की काफी बातचीत हुई।

हरिजी के शब्दों में–'आतंक' हिन्दी का पहला कटिबद्ध उपन्यास है जो उनकी नज़र से गुजरा है।

मैंने उन्हें इसके स्क्रीनप्ले पर काम करने का सुझाव दिया।

अब स्थिति यों है–

वे दो-चार दिनों में पटकथा का काम शुरू करेंगे। फिर 15-20 दिसम्बर तक यह

SCRIPT एफ. एफ. सी. को भेज देंगे।

अब आपसे दो-तीन बातें पूछनी हैं :

1. क्या आप 'आतंक' पर फिल्म बनाने की आज्ञा दे सकते हैं ?

2. क्या इसके फिल्मांकन के अधिकार हरिजी को देना पसन्द करेंगे ?

3. पत्रम् पुष्पं क्या दें। पैसा न हरिजी के पास है, न ही दुर्भाग्य से मेरे पास—क्या DEFFERED PAYMENT स्वीकार करेंगे ?

FFC से ऋण मिलते ही दो या तीन किश्तों में हरिजी आपको पूरे पैसे दे पायेंगे।

4. क्या फिल्मांकन की सीमाओं को ध्यान में रखते हुए आप उन्हें कुछ घटनाएँ DROP करने की आज्ञा देंगे। कारण यह है कि जो कुछ लिखित रूप में है वह यदि फिल्माया जाये तो छः-सात घण्टे की फिल्म बनेगी।

5. यदि आप अन्ततः उपन्यास के फिल्मांकन के अधिकार हरिजी को हस्तांतरित करना मंजूर करें तो एक अनुरोध है कि इस विषय में किसी से भी चर्चा न करें। पहली बात यह कि इस महान् देश के लेखक तथा फिल्मकार (चाहे नये हों या पुराने) समाज के अन्य घटकों की तरह-ईर्ष्या से पूर्ण रूप से मुक्त नहीं हैं।

दूसरी बात यह कि 'आतंक' बड़ी ही विस्फोटक फिल्म बनेगी (ऐसी आशा है) अतः विरोधी शक्तियों को तब तक UNAWARE रखना जरूरी है जब तक फिल्म की शूटिंग आरंभ नहीं होती, जिससे कि नुकसान वे जितना भी करना चाहें वह सब सम्भालना अधिक मुश्किल न हो।

पत्र काफी लम्बा हो गया है। आपके उत्तर की मुझे तीव्रता से प्रतीक्षा रहेगी। कहना न होगा, कि इस प्रस्तावित फिल्म से मेरा सम्बन्ध प्रत्यक्ष रूप से नहीं पर परोक्ष में रहेगा और काफी हद तक रहेगा।

शेष आपका उत्तर आने पर,

आपका,
अरुण कौल (बंबई)

8-11-73

प्रिय नरेन्द्र जी,

नमस्कार।

आज चार-पाँच दिनों बाद दफ्तर आया हूँ। (कुछ फ्लू का प्रकोप था) और आज की आपका पत्र मिला।

यह पढ़कर काफी सुख मिला कि आपको हरिजी के निर्देशन से कोई आपत्ति नहीं। इतना तो मैं जरूर कहूँगा कि फिल्म वे चाहे जैसी भी बनायें लेकिन बौद्धिक ईमानदारी से बनायेंगे जरूर। फिर एक बात और, और वह यह कि फिल्म के कला पक्ष (या उपन्यास के कला पक्ष) के साथ किसी प्रकार की ज्यादती न हो, इसलिए वे काफी DETAIL में अपना SCRIPT लिखेंगे।

अभी हरिजी पटकथा की रूपरेखा बनाने का काम शुरू करेंगे।

(प्रतीक्षा आपकी CLEARANCE की थी) उसके बाद पटकथा के दो-तीन प्रारूप बनेंगे।

आज वे थोड़ी देर के लिए आये थे। मैंने आपका पत्र उन्हें दिखाया। वे काफी संतुष्ट थे। अगले सप्ताह वे स्वयं भी आपको लिखेंगे।

वैसे इस मासान्त तक उनके दिल्ली जाने का विचार है ताकि आपसे उपन्यास के फिल्माने की संभावनाओं पर खुलकर बातचीत कर सकें।

इस समय इतना ही—

रूपरेखा (OUTLINE) जब तैयार हो जाये तो मैं उस पर अपनी प्रथम प्रतिक्रिया से आपको अवगत कराऊँगा।

आशा है सानन्द होंगे।

आपका,
अरुण कौल (बंबई)

शैलेन जी को मेरा नमस्कार कह दें।

16-11-73

प्रिय नरेन्द्र जी,

नमस्कार।

'आश्रितों का विद्रोह' अभी-अभी मिला। अभी फ्लैप भर पढ़ पाया हूँ। पढ़ने पर अपनी राय लिख भेजूँगा।

आपको मेरा पिछला पत्र मिला होगा। हरिजी 'आतंक' पर काम कर रहे हैं। एक गड़बड़ हुई है। 'आतंक' नाम पर 'सत्येन बोस' नामक एक फिल्म निर्देशक फिल्म बना रहे हैं। इस सूचना से जैसे पैरों तले जमीन निकल गयी। अब दूसरा नाम रखना होगा। कृपया इस बात को ध्यान में रखें और दो-एक नाम सुझायें।

आशा है सानन्द होंगे।

आपका,
अरुण कौल (बंबई)

6-2-74

नरेन्द्र जी

मेरा नाम हरि आत्मा है।

कभी पत्रकार था। फिल्म जगत् में ठोकरें खायीं। कुछ फिल्में बनायीं; मगर आजकल विदेश में फिल्में बेच रहा हूँ। (माफ कीजिए, मैं अपना परिचय कभी दे नहीं पाता।)

पिछले साल, 16 अक्तूबर से 21 दिसंबर तक मैं भारत में था (दो दिन दिल्ली में, बाकी बंबई में, जो मेरा, जन्म स्थान तो नहीं, पर निवास स्थान अवश्य रहा—पिछले 25 सालों से)। विदेश में एक साल रहने के बाद जब मैं वापस लौटा था तो हर चीज मुझे कुछ बदली-बदली सी नजर आ रही थी—धीरे-धीरे सत्य नजर आया, यहाँ बदला कुछ नहीं। न सड़कें, न मकान, न लोग और न ही उनकी विचारधारा। अलबत्ता मैं कुछ बदल गया था—मेरी दृष्टि कुछ बदली हुई थी : क्या करूँ—क्या न करूँ ? लाखों-करोड़ों दुखी पीड़ित लोग—और जितने लोग उतनी ही समस्याएँ—कहीं कोई हल भी तो नजर नहीं आता और लोग हैं कि हर दिशा से उदासीन, मायूस चुपचाप बैठे हैं—किसी इंतज़ार में। चमत्कार या कयामत—किसका इन्हें इंतज़ार है समझ न पाया।

अपने अंदर सुलगती हुई क्रोध की ज्वाला से जब-जब मैंने गलती से लोगों पर प्रहार किया, उनकी सोयी हुई चेतना को जगाना चाहा तो खुद को बहुत ही अकेला पाया और जैसे-जैसे दिन गुजरते गये मुझे लगा मैं बहुत ही नाकारा हूँ; किसी के लिये कुछ करने का मुझमें सामर्थ्य नहीं : देश को छोड़ो, अपने पड़ोसी, अपने माता-पिता, यहाँ तक कि मैं अपने आपके लिए भी कुछ नहीं कर सकता !

शायद इसीलिए मैं दो महीनों के अंदर घबराकर वहाँ से भाग गया; घुटन इतनी हद से बढ़ी कि बरदाश्त न कर सका...

और मैं चाहता था आपके उपन्यास 'आतंक' पर फिल्म बनाना...। श्री अरुण कौल जी ने इस विषय पर आपको पत्र लिखा था और मैंने आपका उत्तर भी पढ़ा था। यहाँ आने पर मैं इतना व्यस्त रहा कि आज तक आपको पत्र लिखने का अवसर न मिला । आज लिख रहा हूँ—क्योंकि पिछले दो दिनों से मैं 'आतंक' को फिर से दो-तीन मर्तबा पढ़ चुका हूँ और कल से इसके SCREEN PLAY की रूपरेखा बनाना शुरू कर रहा हूँ।

मेरा इरादा है कि इस महीने के अंत तक SCRIPT खत्म करके उसकी एक कापी आपको भेज दूँगा : साथ ही FFC में APPLICATION भेजने का इंतजाम। उम्मीद है कि 'आतंक' के साथ नाइंसाफी न होगी (होनी तो न चाहिए, क्योंकि मैं खुद किसी किस्म की नाइंसाफी बरदाश्त नहीं कर सकता)।

यदि आप मेरे इस पत्र का उत्तर देंगे तो मुझे बड़ी खुशी होगी। यहाँ मैं अपने आपको इस कदर अकेला, ISOLATED, ALIENATED OR INSECURE महसूस करता हूँ जिसका मैं बयान नहीं कर सकता—बस एक ही संतोष है : यहाँ मैं खुद को नाकारा नहीं महसूस करता। नयी धारा के फिल्मों का प्रचार करते लगता है मैं भी देश की प्रगति में कुछ अनुदान तो कर रहा हूँ : वैसे यहाँ का मौसम आजकल ऐसा है कि आदमी घर में कैदी बनकर रह जाता है। पिछले कई दिनों से तेज वर्षा हो रही है। कल से बर्फ गिर रही है और जहाँ मैं रह रहा हूँ, वहाँ CENTRAL HEATING भी नहीं, इस सर्दी से जिस्म काँपता रहता है; टेम्परेचर दिन में भी 0 डिग्री से नीचे ही रहता है—खैर, दिमाग को शांत रखने के लिए मौसम मुनासिब है—

आपके पत्र की आशा में—

आपका,
हरि आत्मा (प. जर्मनी)

15-1-74

प्रिय नरेन्द्र जी,

एक लंबी खामोशी के बाद यह पत्र ! वजह लिखने बैठूँ तो उपन्यास बन जायेगा—मगर अनावश्यक।

मतलब की बात यह है कि न मैं आपको भूला, न 'आतंक' को। कैसे भूलता। मैं खुद भी तो एक प्रकार के मानसिक, आर्थिक आतंक से गुजर रहा हूँ—पिछले साल मार्च में जर्मनी छोड़कर फ्रांस गया था—दिसंबर तक पेरिस में रहा—कुछ फ्रेंच सीखी, कुछ हिन्दी सिखाई; क्या खोया क्या पाया कुछ हिसाब नहीं लगा पा रहा हूँ—लेकिन अब देश लौटने को आत्मा तड़प रही है। यहाँ घुटन होने लगी है। अपना देश भला-बुरा—अपना ही है। इस बीच मैंने यहाँ कुछ फिल्में बेची हैं—मगर अब बेचना छोड़ बनाने को दिल चाहता है।

कल से मैं 'आतंक' फिर से पढ़ रहा था और अपना लिखा हुआ स्क्रिप्ट भी आज पढ़ लिया। अपनी स्क्रिप्ट से तो मैं संतुष्ट नहीं, किन्तु 'आतंक' को सिनेमा के पर्दे पर देखने की लालसा अब भी जोर नज़र आती है। वैसे पिछले साल के दौरान देश में मेरे हमदर्द कुछ और भी बन गये हैं। अतः आशा है जब अगले महीने लौटूँगा तो शायद दिक्कत उतनी न हो जितनी पिछले साल होती।

किन्तु, क्या 'आतंक' के 'राइट्स' अब भी फ्री हैं ? क्या अब भी आप मुझे इस पर फिल्म बनाने की अनुमति देंगे ?

मैं हमेशा भागता रहा हूँ; मगर अब ठहर कर, रुक कर सामना करना चाहता हूँ,

अपने आप से, अपने समाज से, अपने देश से। करीब दो साल देश से दूर रहकर, मैं समझता हूँ अब मैं अपने लोगों को समझने की ज्यादा काबलियत रखता हूँ; शायद इसीलिए अब पिछले साल से कहीं ज्यादा अच्छी फिल्म बनाने के काबिल हूँ। अगले महीने बंबई पहुँचकर आपको खत लिखूँगा।

आपका,
हरि आत्मा (बादेन बादेन,
पश्चिमी जर्मनी)

21-2-74

प्रिय नरेन्द्र जी,

आपका पत्र 15-2 का मिला। बहुत सी बातें कहना चाहता हूँ—मगर ठीक शब्द नहीं मिल रहे—विचारों को शब्दों में उतारना कभी-कभी कठिन हो जाता है—

विदेश में रहकर मुझे—मेरा अहसास—अपने देश के प्रति जो मेरी भावनाएँ हैं—मुझे ज्यादा समझ में आने लगी हैं—वाकई अपने देश में कहीं कुछ गलत है : लोगों के सोचने का तरीका—कहाँ तक हम ब्रिटिश साम्राज्य या अपनी शिक्षा-प्रणाली को इसके लिए दोषी ठहरा सकते हैं—किसी विदेशी से यहाँ पूछिये भारत के बारे में उसका क्या विचार है : एक विशाल भीड़—भूखे, नंगे लोग, बीमार बच्चे—और CORRUPT सरकार। अपनी जगह पर यह सब सही है—मैं कैसे इन तथ्यों से इंकार कर सकता हूँ।

हमारे देश के नेता—अपाहिज उनकी लीडरशिप CORRUPT OPPOSITION विरोधी दल—मजदूर तबके और बुद्धिजीवी तबके के दर्म्यान जो मध्य वर्ग है—जो हमेशा तब्दीली के खिलाफ रहा है—REACTIONARY CLASS है—समाज का 'बोझ'—उस वर्ग की मान्यताएँ—सोचता हूँ अपने देश का क्या हश्र होगा ?

मुझ जैसे कितने नौजवान हैं जो निराश और हताश हैं—मगर कितने अपने हालात से विरोध कर सकते हैं ? और विदेशों में मुझ जैसे कितने लोग हैं जो वापस स्वदेश लौटना चाहते हैं—कुछ करना चाहते हैं—मगर...मगर...मगर ?

'आंतक' के SCREEN PLAY पर काम जारी है, मगर प्रगति जरा कुछ वैसी है—पूरा एक सप्ताह मैं इसी उलझन में रहा कि शुरू कहाँ से करूँ—कैसे करूँ—पात्रों का परिचय, उनकी समस्याएँ—और सबसे बढ़कर 'आतंक' का आतंक—खैर, बलराम और डा. कपिला : कहाँ से शुरू करूँ ? विचारों को तस्वीर में कैसे उतारूँ ? दिन भर अकेले कमरे में बन्द आतंक के बारे में सोचता रहता—और आखिरकार एक रूपरेखा—उसके बाद अब कोई परेशानी नहीं—आशा है कि इस माह के अंत तक

FIRST DRAFT तैयार हो जायेगा।

इसके संवाद आप ही लिखेंगे—आपसे विचार-विमर्श के बाद SCRIPT को REVISE करके आगे की कार्यवाही करेंगे—

कृपया पत्र लिखते रहिए—मुझे जब भारत से कोई पत्र आता है तो यूँ लगता है कि मेरे तार अभी भी टूटे नहीं—अपने देश से संबंध टूटा नहीं—एकाकीपन उतना परेशान नहीं करता—यहाँ तो कोई अंग्रेजी समझता ही नहीं—और मेरी जर्मन वैसी है बस जैसी बांगला—कुछ टूटी-फूटी बोल लेता हूँ—गुजारा हो जाता है :

परिस्थिति वैसे यहाँ बहुत खराब है—जर्मनी में ही नहीं—पूरे यूरोप, अमरीका और इंग्लैंड में ECONOMIC CRISIS ऐसी है जैसी WORLD WAR II के समय। कीमतें इतनी ज्यादा, महंगाई इस कदर कि आप अंदाजा नहीं लगा सकते—यूँ समझिये कि एक अकेले आदमी के लिए 4000 रु. महीना भी कम पड़ रहा है—फर्क सिर्फ इतना है कि CAPITALIST ECONOMY के MATERIALISM का प्रभाव है जो लोग भूखे नहीं मरते—जब हड़तालें होती हैं तो सरकारें बदल जाती हैं—और इनकी समस्या यह है कि इनकी POPULATION कम है—और हमारी ज्यादा।

शेष अगले पत्र में—

आपका,
हरि आत्मा (बादेन बादेन,
पश्चिमी जर्मनी)

आदरणीय कोहली जी,

मैं आपका पाठक हूँ पर इधर 'दीक्षा', 'अवसर', 'संघर्ष की ओर' इनको पढ़कर मेरा संकीर्ण मन और नहीं चाहता कि पाठक बना रहूँ। यह निर्विवाद सत्य है कि आप एक क्रान्तिकारी हैं, युगद्रष्टा हैं पर जिस पृष्ठभूमि पर आपने क्रान्ति का आह्वान किया है वही मुझे अनुचित लगा। तुलसीदास जी ने या वाल्मीकि जी ने तो राम को एक आदर्श जड़ चरित्र घोषित कर दिया पर आपने उसे एक तुच्छ मानवीय धरातल में लाकर कौन सा मार्गदर्शन दिया। आपकी रचना कुछ नीरस बुद्धिजीवी वर्ग के लिए उपयुक्त हो सकती है और ईश्वर से प्रार्थना है ये यहीं तक रहे, मेरे जैसे अन्य श्रद्धालुओं तक पहुँच कर हृदय को ठेस न पहुँचावे।

कोहली जी, भले ही आलोचना से मैं आपको एक संकीर्ण हृदय लगता होऊँ पर क्या आपके दिल में कहीं भी राम को हल्का करते कोई दुःख या क्लेश नहीं लगा होगा, असम्भव है। इतिहास में सैकड़ों क्रान्तिकारी युगपुरुष हुए, किसी की भी पृष्ठभूमि में आप अपनी मनोवृत्ति या यूँ कहें मनोविकार आप उंड़ेल सकते थे पर

मर्यादा पुरुषोत्तम की महिमा घटाकर आपने सैकड़ों श्रद्धालु हिन्दुओं की श्रद्धा और विश्वास पर कुठाराघात किया है। शायद आलोचना के लिए मैं स्वच्छन्द हूँ न।

उपन्यासों को पढ़ने से लगा कि आप भी पूरी तरह से उन्हें चेतन मनुष्य घोषित न कर सके। अहल्या का उद्धार अस्पष्ट है; कुटी में जाकर आतिथ्य ग्रहण करना मात्र तो उद्धार नहीं हो सकता। और भी सभी उपन्यासों में कुछ न कुछ ऐसी महत्त्वपूर्ण गुत्थियाँ हैं जिन्हें आप रामचरितमानस की सहायता के लिए निराधार छोड़ दिये हैं। आप साहित्यकारों की दृष्टि में भले ही उच्च कोटि के साहित्यकार हो सकते हैं पर मेरे जैसों की दृष्टि में एक सूखे सूत्रवादी से बढ़कर नहीं।

मैं आप जैसा साहित्यकार नहीं हूँ; मेरे पास कहने की भाषा नहीं है, व्यक्त करने या समझाने का माध्यम नहीं है; मैं आपसे कैसे कहूँ कि चिरन्तन विश्वास का डावाँडोल होना मेरे लिए कितना कष्टप्रद रहा।

राम को किसी भी दृष्टिकोण में देखने से वे हमें अद्वितीय रहे पर आपने उन्हें मात्र एक सतही नायक मान लिया जो आज की राजनीति में सफेदपोश लोगों से विरोध करते हुए दिखाई देते हैं न कि भयंकर तथा अजेय रावण या पाप मूल का नाश करने वाले।

खैर मैं आपका और समय न लूँगा। मुझे तो ये भी विश्वास नहीं कि आप इस पत्र को ध्यान देंगे; यदि मुझ मुहर्ष को कुछ व्यक्तिगत पत्र से आप राह दिखा सकें या इन उपन्यासों की सार्थकता संक्षिप्त में बता सकें तो आपका एहसान होगा, धन्यवाद।

एक अन्ध श्रद्धालु भक्त,

नरेन्द्र कुमार वर्मा
(नौगाँव, छतरपुर, म. प्र.)

❑❑